AUSTRAL JUVENIL

Colección
dirigida por
Felicidad Orquín

CONCHA LOPEZ NARVAEZ

La tierra del Sol y la Luna

ILUSTRACIONES DE JUAN RAMON ALONSO

ESPASA-CALPE ■ PLANETA-AGOSTINI

© Concha López Narváez
De la presente edición:
© Espasa-Calpe, S. A., Madrid, 1988
© Editorial Planeta-De Agostini, S. A., Barcelona, 1988

Imprime: Cayfosa, Sta. Perpètua de Mogoda, Barcelona
Depósito legal: B. 10903-1988
ISBN 84-395-0822-0
ISBN 84-395-0816-6 (colección completa)
Distribuye: R. B. A. Promotora de Ediciones, S. A.
    Polígono Industrial Zona Franca, Sector B, calle B, n.º 11 -
    08004 Barcelona
Impreso en España - Printed in Spain, mayo 1988

Concha López Narváez nació en Sevilla,
donde estudió Filosofía y Letras, licenciándose
en historia de América. Durante
toda su niñez vivió en un pueblo blanco,
salpicado de huertas, naranjales, olivos y
viñedos. Quizá por eso le guste tanto
vivir en el campo, entre
plantas silvestres y animales libres.
Durante algunos años se dedicó
a la enseñanza y ahora escribe para niños
y jóvenes. En ambas profesiones
se ha sentido igualmente contenta.
En el año 1984 recibió el **Premio Lazarillo.**
Su novela *La tierra del Sol y la Luna*
ha sido nominada para la **Lista de Honor
del IBBY** 1986. Ambos premios
le han supuesto un estímulo importante.

Juan Ramón Alonso, el ilustrador, es también pintor.
Ha ilustrado muchos libros juveniles y en esta
misma colección tiene varios títulos.
Nació en Madrid, en 1951, y es profesor de dibujo
por la Escuela Superior de Bellas Artes.
Es un apasionado de la fotografía y un coleccionista
en busca de fotos antiguas y de cerámica popular.
Ha ganado, junto con Javier Villafañe,
el **Premio Austral Infantil 1985.**

A mi marido, compañero y amigo.

Introducción

En 1492 los Reyes Católicos conquistaron
Granada; siguieron unos años, que pudieron ser
hermosos, en los que convivieron, con sus religiones y sus costumbres, cristianos y musulmanes. Pero las incomprensiones y los abusos
de aquéllos y los resentimientos de éstos dieron
lugar a la sublevación de 1500. Después los musulmanes fueron obligados a profesar la religión
cristiana o a salir de España. Muchos marcharon a África, pero otros permanecieron en las
tierras en las que habían nacido sus abuelos y
los abuelos de sus abuelos. Al moro se le llamó
desde entonces morisco y empezó una larga y difícil época —de 1500 a 1611, año en el que
fueron expulsados definitivamente— en la que
se aunaron amistades y rencores, traiciones y fi-
delidades.

María, Hernando, Miguel y el anciano Diego
Díaz, protagonistas de esta narración, así como
sus familias y amigos, son personajes imagina-
rios. Sin embargo, las circunstancias que rodea-

ron sus vidas y los hechos en los que se vieron envueltos son reales como reales son los personajes siguientes que aparecen en el libro:

Marqués de Mondéjar
Don Alonso de Granada Venegas
Don Francisco Núñez Muley
Don Pedro de Deza
Don Luis de Córdoba
Don Gonzalo Fernández Zegri
Don Fernando de Válor (Abén Humeya)
Fárax Abén Fárax
Don Hernando el Zaguer (Muley Abén Xáhuar)

1

La llegada del conde de Albeña

Cuando Diego Díaz llegaba a las lindes de sus tierras, se le alegraba el ánimo. Tierras iguales a las suyas las habría, pero mejores ni una sola fanega en toda la Vega de Granada. Había que ver cómo brotaban los árboles, en cuanto llegara junio se inclinarían las ramas con tanta carga. Y los trigos... ¡cómo estaban de altos y granados!

Enfiló el sendero de la entrada, y al burro se le alteraron los cascos. «También te alegras tú de volver, bribón», exclamó el anciano morisco, palmeándole el cuello.

Apenas Diego Díaz entró en su casa, percibió el olorcillo dulce y tibio que llegaba de la cocina: «uh, melcochas recién hechas», pensó con la nariz alzada y los ojos brillantes como los de un niño goloso.

Sobre la gran mesa de roble había una montaña dorada de olorosas y crujientes melcochas, y además roscos, buñuelos, tortas y confituras suficientes para abastecer a toda una guarnición.

La familia se hallaba ya reunida. Su hijo Francisco y sus dos nietos, Miguel y Hernando, estaban en animada charla, descansando de los trabajos de la jornada; sin embargo, Ana Pacheco, su nuera, se afanaba todavía junto al fogón.

Cuando el anciano alargó la mano para tomar uno de los apetitosos dulces, Miguel interrumpió su ademán:

—Esperad, abuelo, que son para el conde. Ni uno solo nos ha dejado probar madre.

Ana Pacheco se volvió sonriendo:

—Puesto que ha llegado el abuelo, tomad uno, pero sólo uno... Lástima que el conde y sus hijos no puedan probarlos ahora, que están recién hechos.

—Mañana estarán igualmente buenos —respondió Diego Díaz, tomando una melcocha, hecha ya la boca agua.

—Están en sus jaulas el capón y las gallinas, y también los gazapos, abuelo. Y el corderillo apartado de su madre, sólo faltan los pichones —explicó Hernando.

El anciano asintió satisfecho:

—Mañana partiremos al alba. No sé cuál será la jornada del conde y quiero mirar otra vez los aposentos antes de su llegada.

—Yo no acudiré mañana a recibir al conde, abuelo —dijo Miguel tras una pausa.

Francisco y Hernando miraron al anciano a hurtadillas y la madre se afanó más con la masa de las melcochas.

Diego Díaz miró a su nieto en silencio.

—Somos tributarios del conde, abuelo, no sus esclavos —exclamó el joven sosteniendo su mirada un momento y saliendo luego apresuradamente.

El anciano permaneció sentado, pensativo. Era un muchacho extraño Miguel. Unas veces amable y cariñoso, otras violento, como si un viento de furia se desatara en su alma, pero siempre generoso con los débiles y altivo con los poderosos, aunque fueran éstos justos, y por más que los supiera amigos verdaderos. Y no había duda de que el conde de Albeña era un amigo. Tras un leve suspiro de disgusto, se levantó y se dirigió a Hernando:

—Anda muchacho, subamos y enjaulemos los pichones antes de que se nos haga demasiado tarde.

Francisco Díaz los vio salir con el ceño fruncido. «El capón más hermoso para el

conde y las mejores gallinas y los pichones...,
y tortas y roscos y confituras... y la luna de
Granada también le darían si pudieran alcanzarla. Y al final ¿para qué?, ¿qué esperan
conseguir a cambio de tanto presente? Aprecio, aprecio y confianza únicamente. Bien
hace Miguel en no acudir mañana a recibir al
conde, que no ha nacido mi hijo para pleite-
sías». Se dijo malhumorado.

Al día siguiente, apenas rompió el alba partieron hacia el castillo de Albeña. Toda la
mañana estuvieron atareados, mirando con
los criados que aposentos y viandas estuvie-
ran en su punto a la llegada del conde y su familia. Hacia el mediodía el anciano morisco y su hijo aún se afanaban con los últimos detalles, pero Hernando estaba desaso-
segado.

Veinte veces había recorrido de parte a
parte el patio de armas, y veinte veces se
había asomado al gran portalón de la entrada
para mirar hacia el horizonte, pero nada se
divisaba aún. Inquieto se preguntaba qué
habría podido sucederles. ¡Estaba tan lejos
Castilla, en la que el conde tenía su casa y las
tierras de su linaje! Había ya pasado el mediodía, y en años anteriores llegaron todavía por
la mañana. De nuevo se asomó a la puerta y
entre los olivares vio el polvo levantado.

«¡Ya vienen, abuelo, ya vienen!», exclamó gozoso, cruzando el patio a todo correr.

Se aproximaba la comitiva. Delante, hombres de la mesnada del conde, dispuestos los arcabuces, atentos a bandoleros y salteadores; tras ellos, caballeros de escolta, escuderos y pajes; y por fin, las literas. En la primera viajaban don Pedro Gómez de Hercos, conde de Albeña, y el anciano capellán de su casa, y en la postrera su hija doña María, acompañada de su dueña. A los flancos de una y otra, don Gonzalo y don Íñigo Gómez de Hercos, caballeros en briosos corceles. Luego, las mulas cargadas; y en último lugar, cerrando la comitiva como la encabezaban, hombres de armas.

Los criados estaban ante las arcadas del patio, y junto a ellos, con su hijo y su nieto, esperaba Diego Díaz. Pensaba entristecido que, por primera vez en largos años, no vería descender de su litera la amable figura del anciano conde don Gonzalo, que desde la época lejana en la que ambos eran niños hasta hacía apenas tres meses en que muriera en tierras de Castilla, había sido un amigo verdadero. Hernando trataba de calmar, sin conseguirlo, los latidos de su corazón. En cuanto a su padre, tenía la mirada puesta en el empedrado y el ceño fruncido.

Llegó al fin la comitiva y penetró con gran
ruido de voces y cascos en el patio.

Ayudado por su paje descendió el conde
de la litera. Vestía calzas de púrpura, coleto
de ante, y se cubría la cabeza con un birrete
de cintillo dorado. Alto y bien proporcio-
nado, era de facciones amables, de piel y
ojos oscuros, lo mismo que sus hijos Íñigo y
Gonzalo.

17

Se adelantó el anciano morisco y le saludó como lo hacen los musulmanes, inclinándose profundamente con los brazos cruzados sobre el pecho. Pero le alzó el conde, hablándole con cariño:

—Dios te guarde, Diego Díaz, y te conserve muchos años a nuestro lado con el buen semblante con que ahora te hallo.

—Con él vengáis, señor, y bajo su protección permanezcáis siempre —respondió.

Saludó luego don Pedro con amabilidad a Francisco Díaz, a Hernando y a los criados. Entre tanto, su hijo don Gonzalo, se había acercado al anciano morisco y con grandes muestras de contento lo estrechó contra su pecho. Viéndolo su hermano Íñigo, le miró enojado y, atravesando altivo el patio de armas, penetró en los aposentos sin detenerse.

Se ensombreció el rostro del anciano y, cambiando de color, bajó la vista.

Francisco Díaz, con las manos crispadas y los labios apretados, pensaba cuánto mejor les hubiera ido si, como Miguel, hubieran permanecido en casa.

Hernando miraba con tristeza a su abuelo; el conde y su hijo Gonzalo se hallaban consternados, sin saber qué determinación tomar.

Y entonces, una ráfaga de vestidos en vuelo y cabellos dorados se arrojó en brazos del anciano morisco y le besó en ambas mejillas.

Tenía María el semblante alegre y los ojos inquietos y reidores. La miró emocionado Diego Díaz y creyó estar viendo, como lo viera por primera vez, a su abuelo el conde don Gonzalo.

Los criados murmuraban escandalizados y Francisco Díaz permanecía receloso; pero el conde y su hijo se sintieron aliviados y sonrieron y también Hernando, que no cabía en sí de gozo. Viendo aproximarse a María, le temblaban las piernas. Al fin, cuando la joven terminó sus saludos, se dirigió a él.

—Vamos, Hernando, vamos pronto —exclamó tomándolo de la mano— y recorramos la heredad. Ven y bajemos a la ribera, quiero saber en seguida si hay nidos en el juncal. Vamos, ¿qué esperas? —preguntó impaciente, observando las dudas del joven.

—Sosiega, María, y descansemos. Ya hallarás sin duda mañana largas horas para recorrer las tierras del señorío —dijo el conde indicándole la entrada a los aposentos.

—No estoy cansada, padre.

—Lo sé. Pero es tiempo de sentarnos a la mesa, y de ver luego con las dueñas todo lo que sea necesario para tu acomodo. No eres ya, María, una niña y debes pensar en cosas de provecho, además de juegos y holganzas.

Le siguió María con desgana, pero antes de entrar se volvió a Hernando:

—Ven entonces mañana, apenas rompa el alba. Son cortas las horas para las muchas cosas que tengo en mente.

Dudó el joven mirando al conde.

—Te la confío, Hernando, y a tu prudencia la encomiendo. Ya sabes que es inquieta y muy osada —respondió don Pedro y penetró en el castillo.

—No te retrases, Hernando, que hasta que vengas me sentiré prisionera en estos muros —añadió María entrando tras su padre.

De vuelta a casa, marchaba el joven con el corazón alegre y el paso ligero, dando prisas al tiempo, pues las horas que aún faltaban hasta el alba ya le estaban pareciendo demasiadas. Su padre, sin embargo, caminaba cabizbajo.

Entre ambos iba el anciano morisco metido en sí, vuelta la memoria atrás, a los tiempos lejanos en los que conociera al conde don Gonzalo. Entonces aún no se llamaba Diego Díaz, todos lo conocían por Haxer Abén Hameth. Haxer, hijo de

Hameth, que lo había sido de Yusuf, que a su vez lo fue de Ibrahim. Todos labradores, todos con los anhelos puestos en la Vega de Granada y las raíces en la tierra a la manera de los árboles. Eran aquellos los días en los que el rey Boabdelí rindiera el último reino musulmán de España a los reyes de Castilla. Grandes cambios sobrevinieron entonces, y fueron muchos los señores cristianos que llegaron de lejos, para ocupar las tierras que habían dejado los nobles de Granada que marcharon a Berbería.

Conoció al conde don Gonzalo una mañana de primavera. Había un gran trasiego en el castillo de almenas rojas y esbeltas torres que, rodeado de viñedos y olivares, se alzaba apenas a una legua de las tierras de su padre. Oculto tras un olivo observaba idas y venidas de escuderos y pajes, siervos descargando mulas, criados transportando fardos... y escuchaba atento las voces, los ladridos de perros y los relinchos de caballos.

—¡Date preso, Muza traidor! —exclamó alguien a sus espaldas con voz sonora. Se volvió sorprendido y alterado, dispuesto a defenderse.

Un muchacho, vestido con calzas rojas y jubón azul, sostenía, como si fuese una espada, una vara de olivo. Sus ojos y sus ca-

bellos eran del color del trigo maduro, y su cara, aunque seria entonces, parecía amable.

Haxer hablaba el castellano desde sus primeros años, se lo había enseñado su madre, que, nacida en tierras de Córdoba, convivió con los cristianos en su juventud.

—No soy traidor, ni nunca lo ha sido nadie de mi linaje, y tampoco es Muza mi nombre, sino Haxer. Pero estoy presto a defenderme —respondió en el idioma del joven desconocido, empuñando una rama quebrada.

Fue un bravo y leal combate, que no tuvo vencedor ni vencido. Terminó a la par, con los contendientes jadeando, a la sombra del olivar.

—Me llamo Gonzalo y tengo un azor al que yo mismo he adiestrado. Siempre acude a mi llamada aunque vuele muy alto. Lo capturé hace un año en tierras de Castilla. ¿Quieres venir conmigo para verlo? —dijo al fin el hijo del conde de Albeña, poniéndose en pie.

A partir de aquel momento, su vida y la del conde habían corrido paralelas. También en aquellos días tristes del año de 1500 cuando los musulmanes, sintiéndose oprimidos, se alzaron contra los cristianos, y tras dos años de luchas perdieron, como castigo a su rebeldía, la libertad de practicar la ley de Mahoma. «O bautismo o expulsión» habían dicho los reyes Isabel y Fernando. Fue entonces cuando Haxer comenzó a llamarse Diego Díaz.

Más que nunca fue Gonzalo su amigo. «¿Qué importa que otros te conozcan como

Diego, si para ti y para mí sigues siendo Haxer? En cuanto a la religión, nadie puede penetrar en tu interior si tú no quieres permitírselo» —le decía cuando lo notaba triste o resentido.

Siempre había permanecido Gonzalo junto a él, como él siempre estuvo junto a Gonzalo. Entre gozos y tristezas se les había ido la vida sin sentir.

Recordando todo esto, se llenaron sus ojos de lágrimas. «Vamos, viejo bobo, sosiégate, que el tiempo pasado no vuelve», se dijo observando las miradas de su hijo y de su nieto fijas en él.

2

La huida

Había mucha gente en la plaza de Bibarrambla. Era día de mercado y desde muy
temprano tenían montados sus tenderetes
los vendedores ambulantes. Abiertas estaban
todas las tiendas, expuestos toda clase de gé-
neros, pregonadas cien veces las excelencias
de las mercancías. Un airecillo juguetón llevaba y traía de un extremo a otro de la plaza
el tibio y penetrante aroma de torrijas melcochas y buñuelos recién hechos. Brillaban al
sol limones, tomates, pimientos; alborotaban
gallinas y pichones, corderos y cabritillos.
Los compradores iban y venían de un lugar a
otro, observando y preguntando.

Era una mañana luminosa y alegre. Un
joven cristiano marchaba ocioso, sin prisa ni
intención, mirando únicamente. Era persona

principal y desocupada y el tiempo no parecía tener valor para él. Se detuvo ante un tenderete en el que se hacían dulces.

Una morisca anciana permanecía sentada, mientras su nieta se encargaba de aderezar los buñuelos. Sus movimientos eran graciosos y cimbreantes. Si alzaba las manos, tintineaban las ajorcas de sus muñecas; si caminaba o se inclinaba sobre el perol donde cocía la masa de los dulces, sonaban los carcajaes de sus tobillos.

«¡Qué hermosos ojos!» —pensaba el joven cristiano observándola embelesado— «¡Qué gracia, cuánta fineza en su cuerpo! ¿Qué ocultará tras el velo?» —se preguntaba mirándola de tal manera que la morisca bajó la vista azorada.

El deseo de contemplarla fue tan violento

que, sin detenerse a pensar, arrancó con un movimiento rapidísimo el velo de su rostro. Hermosísima estaba en su asombro la morisca, perpleja y asustada su abuela; una y otra sin saber qué hacer.

—¡Qué bella flor campestre! —exclamó el joven y la besó en los labios. Se revolvió ella angustiada y enfurecida y gritó la anciana de tal manera que su voz llenó la plaza, pasando sobre todos los demás sonidos.

Se formó en derredor un corro de curiosos. Algunos reían y otros murmuraban indignados; mas ni los unos ni los otros tomaban la defensa de la morisca, por ser el joven cristiano de casa grande, como se advertía por su atuendo y atrevimiento.

Miguel Díaz caminaba al lado de su abuelo con las mulas cargadas con costales de harina. Entraban por la puerta de Bibarrambla e iban a cruzar la plaza, camino del Zacatín, cuando oyó el grito de la anciana y viendo el tumulto que ser formaba ante un tenderete se acercó a mirar.

Aún el cristiano, satisfecho de su hazaña, retenía entre sus brazos a la morisca.

La furia de Miguel estalló a borbotones. Sin dudarlo un momento se lanzó sobre él y la fuerza de su brazo cayó sobre el rostro, golpeando una vez y otra.

El cristiano, tomado por sorpresa, tardó algún tiempo en defenderse, pero al fin logró salir de su estupor y con un movimiento rápido tiró de la espada e hirió levemente a Miguel en un brazo. Saltó el morisco hacia atrás y sacando la daga del cinto le hizo frente. Brillaban los aceros al sol y brillaba el odio en los ojos de ambos jóvenes. Se estrechó el corro en torno a ellos. Acosaba el cristiano con la superioridad de su espada, pero el morisco era ágil y se movía como una ardilla. Al fin, tropezó y el cristiano le puso la espada sobre el pecho.

—¡Pide piedad si quieres conservar la vida, moro de todos los diablos!

El silencio de la plaza se podía tocar.

—¡Pide piedad! he dicho, maltrapillo, mostrenco... y da gracias al cielo de que mi generosidad sea tanta —grito fuera de sí.

Callaba Miguel, mirándole con fijeza sin parpadear siquiera.

Ni un susurro, ni un movimiento en la plaza de Bibarrambla. De pronto, el morisco alzó las piernas y el cristiano cayó sobre él, perdiendo la espada. Alargó la mano con rapidez para recobrarla, pero ya la tenía Miguel entre las suyas. Se levantó el joven, pálido y sudoroso y también se levantó Miguel con la espada en una mano y la daga en la otra. Y,

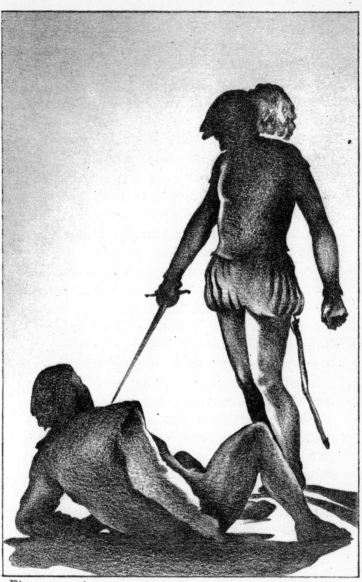

mirándole con altivez, arrojó la espada tan lejos como le fue posible. Sacó entonces el cristiano un puñal y con las armas igualadas se reanudó la lucha. Ambos eran fuertes y jóvenes, y además obstinados y orgullosos. El combate era pues a la par, y nada sino la suerte parecía poder decidirlo. Si uno saltaba adelante el otro lo esquivaba, para luego volver sobre él con igual destreza. Durante un tiempo sólo se oyeron jadeos, pero al fin un grito ahogado rompió el angustioso silencio, y el cristiano se derrumbó con la daga de Miguel hundida en el vientre.

Aturdido y apesadumbrado, Miguel se arrodilló junto al cristiano, sin darse cuenta cabal de lo que había sucedido. Un murmullo inquieto le hizo levantarse con apresuramiento: «¡La justicia, viene la justicia!» El profundo silencio de la plaza se convirtió en una tremenda algarabía: tenderetes caídos, mercancías volcadas, gritos, huidas...

Miguel, amparándose en el tumulto, atravesó la plaza de Bibarrambla y penetró en la Alcaicería, perdiéndose en el laberinto de estrechas callejuelas. Pero la justicia lo seguía de cerca, y, sintiéndose perdido, entró en la tienda de un morisco vendedor de paños.

—Hermano, por Allhá te ruego que me ocultes, muerto soy si no lo haces, pues viene la justicia pisándome los talones —suplicó descompuesto y jadeante.

—Ven por aquí y pasaremos a mi casa, que ya hallaré el modo de que no te descubran.

Habiendo puesto guardia en las puertas del recinto, los alguaciles buscaban, una por una, en todas las tiendas de la Alcaicería. Cuando al fin llegaron a la de paños su dueño cortaba sosegadamente tres varas de fino lienzo. Después de revolverlo todo, insistieron en pasar también a la trastienda. Pero por más que miraron y volvieron a mirar, no encontraron allí a nadie. Sólo estaba una anciana vestida con su almalafa, manchadas las manos de la harina con la que amasaba, que se inclinó en señal de respeto cuando los vio entrar y lo mismo hizo cuando partieron.

Hasta el amanecer pemaneció Miguel oculto en casa del vendedor de paños. Apuntando el alba, seguros ya de que la guardia había sido retirada, una anciana muy cubierta y encorvada subía por el camino del Darro pasito a paso, apoyándose pesadamente en su bastón. Sin embargo, cuando no divisaba persona, su andar se volvía firme y apresurado e incluso veloz en algunas ocasiones.

—¡Madre, Madre! —gritó un muchacho morisco, que saliendo al umbral de su casa, miró hacia la Puerta Baja de Guadix.—

Venid a la carrera, que hay una vieja quitándose la ropa sobre el puente. Cuando la morisca alcanzó a verla, la anciana acababa de quitarse la túnica y se había convertido en un joven que corría como liebre perseguida por galgos hacia el camino de la sierra.

—Nada has visto esta mañana, sino tres cabras y una oveja triscando en aquel cerro, y ¡pobre de ti si hubieras visto otra cosa! —advirtió la morisca al muchacho, alzando la mano con grandes aspavientos.

3

El monfí

Abandonando senderos, marchaba Miguel entre zarzas y jarales, se hería y desgarraba los vestidos sin advertirlo, cayendo para alzarse en seguida sin concederse un respiro.

Al mediodía se detuvo en una quebrada. Únicamente cuando se echó al amparo del roquedo y calmó su sed en el riachuelo que corría en lo más hondo, advirtió cuán grande era su cansancio.

Había huido durante toda la mañana, subiendo y bajando por caminos de gamuzas, pendiente sólo de alejarse de Granada y de la justicia. Sin embargo, mientras reponía fuerzas, una profunda congoja se adueñó de su ánimo. Nada sabía de lo que iba a hacer en adelante, había matado a un hombre, y ese hombre era cristiano y persona importante.

Mediada la tarde prosiguió el camino, ya más tranquilo pues estaba dentro de la Alpujarra. Anduvo hasta el anochecer. En toda la jornada no halló más compañía que pájaros, conejos, alguna guarduña o algún furtivo y veloz gato montés. Pero cuando el sol caía, divisó sobre una gran altura un rebaño de ovejas y cabras y, junto a ellas, el que debía ser su pastor.

Martinillo tenía ocho ovejas blancas, siete cabras, unas negras y otras blancas, cuatro corderos y dos cabritillos, además de un carnero manso y un macho cabrío desabrido y pendenciero, que arremetía cuando le venía en gana contra aquello que tenía más cerca.

Durante el día andaba con el rebaño monte arriba, unas veces tocaba la flauta, y otras miraba al cielo en busca de aves de presa. Por la noche encerraba los animales en el aprisco y él se recogía en una choza de piedra, medio derrumbada, en la que se colaba el aire por cien rendijas. Fuera, con la cabeza sobre las patas y un ojo abierto y el otro cerrado, vigilaba Saeta, una perra grande y valiente, lista como el hambre y ligera como el viento. No había lobo que se acercara al corral estando Saeta cerca.

Martinillo andaba escaso de entendederas, pero sobrado de determinación y senti-

mientos. Y como no tenía de quién cuidar si no era de los animales y de él mismo, pasaba la vida en las alturas viviendo como le venía en gana. Comía cuando le apretaba el hambre y dormía cuando acudía el sueño. Bajaba a la villa de Trevélez, que era la más cercana, una vez cada ocho días para vender manteca y quesos. En el lugar todos le conocían y le apreciaban; pero amigos, lo que se dice amigos, no tenía más que las cabras y Saeta. En cuanto a las ovejas, valía más no hablar de ellas, porque en toda su vida había visto animales más simples ni asustadizos.

Martinillo no estaba acostumbrado a oír otras voces que las de la perra, las cabras o las ovejas, por eso se volvió como si hubiera oído zumbar un tábano a sus espaldas cuando Miguel le deseó buenas tardes. Después de mirarlo sorprendido, como si de una aparición se tratara, se quitó el raído bonetillo y le dio varias vueltas en la mano a manera de saludo.

—La paz que me das te devuelvo, amigo —exclamó por fin con voz insegura—. Dime de dónde vienes, si quieres hacerlo.

—Vengo de Granada y te solicito un poco de alimento y un lugar donde pasar la noche.

Tres días enteros pasó Miguel en las montañas, durante los cuales se aquietó su ánimo. En ese tiempo, a pesar de ser de religiones distintas, el fugitivo y el pastor sellaron una amistad verdadera. Sin embargo, Miguel estaba inquieto, y temeroso también de permanecer demasiado tiempo en un lugar que, aunque áspero y elevado, no se hallaba a tan larga distancia de Granada para que los cuadrilleros de la Santa Hermandad no pudieran encontrarlo. Amaneciendo el cuarto día se puso de nuevo en camino, dejando a Martinillo tan triste como si su único hijo, de haberlo tenido, marchara a la guerra.

Con un abrazo de despedida le entregó unas alforjas, tan bien provistas que nada faltaba en ellas de carne, cecina o queso, además de una flauta desafinada que, según dijo, tocaba sola, y que se la daba para que siempre tuviera un recuerdo de él.

Marchó Miguel durante todo el día y cuando la luna asomó, le encontró sobre la copa espesa de una encina, buscando acomodo para pasar la noche. Había lobos en aquellas alturas y, sin fuego ni manera de hacerlo, no se atrevía a dormir en el suelo ni en el interior de una cueva.

Se sujetó con el cinto a una rama gruesa, extendió las piernas sobre ella y apoyó la espalda en otra que cruzaba. Procuró luego apartar de su ánimo negros pensamientos, y oculto entre el follaje y arropado por la suave luz de la luna olvidó la gran incomodidad en la que se hallaba y cerró los ojos.

Al alba despertó sobresaltado. Estaba aterido y maltrecho, con los miembros rígidos y entumecidos, pero apenas se dio cuenta de ello. Bajo el árbol varios hombres hablaban. En un primer momento pensó que pudieran ser alguaciles de Granada. Pero no, no hubieran llegado tan lejos, por caminos tortuosos. ¿Entonces?: ¡Cuadrilleros de la Santa Hermandad! Apartó con precaución el follaje y observó entre las ramas. Los hombres también le habían visto, pero no eran de la Santa Hemandad, sino moriscos como él, recios, curtidos y armados hasta los dientes.

Ya no tuvo ninguna duda. Eran bandoleros, monfíes que tendrían su refugio en algún lugar de las montañas. Como no llevaba nada que pudiera serles de interés, y además pertenecían a su ley y a su raza, saltó del árbol, y con aquel salto decidió su vida. Desde entonces compartió con ellos alimentos y refugio en una fortaleza natural que, encaramada en la montaña como nido de águilas y protegida por un empinado peñón, no tenía más camino que un estrecho sendero entre precipicios.

4

La bruja

Resueltos los asuntos del señorío que eran los que cada año le traían desde Castilla hasta la Vega de Granada, el conde de Albeña determinó partir a la Alpujarra, para pasar el verano con su familia en esa abrupta región que se extiende de Poniente a Oriente entre Granada y Almería y baja de norte a sur desde Sierra Nevada hasta el mar. Próximas a las villas de Mecina y Válor, poseía el conde amplias tierras de viñedos y morales, además de algunas fanegas de buenos campos de secano y regadío.

Una luminosa mañana de junio bullía el patio del castillo con preparativos de marcha: fardos apilados, mulas esperando la carga, galgos y podencos tirando inquietos de la traílla, revolviéndose en sus cestas los hurones, acariciando el halconero el plumaje de sus aves..., todos andaban de charla y trasiego. Al fin acercaron los caballerizos las monturas a la puerta, los hombres de escolta dispusieron ballestas y arcabuces, y partieron hacia la Alpujarra con el campo aún mojado de rocío.

Montaba María un reposado caballo blanco, de paso seguro y corta alzada. A su lado, Hernando, que los acompañaba en calidad de paje, cabalgaba sobre un tordo brioso y alto. Detrás de un rostro sereno se ocultaba su excitación: ¡La Alpujarra... y un largo verano en el horizonte!

Dejaron la campiña todavía con luz suave y, llegando al otero que llaman del Llanto de Boabdelí, se volvió el conde, y con él toda la comitiva, para mirar por última vez Granada y su Vega. La ciudad se recostaba entre lomas, blanqueada por el primer sol de la mañana. Más allá se extendía la campiña, salpicada de aldeas y villas, cruzada de acequias y arroyos, verdeando de huertos y olivos.

María se volvió a Hernando:

—Si yo hubiera sido el rey Boabdelí, hubiese preferido cien veces la muerte antes que entregar Granada y sus tierras. ¿Y tú qué hubieras hecho, Hernando?

Calló Hernando mirando a la Vega; esperaba María su respuesta, pero la comitiva reanudaba ya la marcha, penetrando en un estrecho paraje, triste y rocoso, que cortaba la montaña como una herida. Luego se abrió el horizonte sobre el hermoso valle de Lecrín.

Cabalgaban con ánimo ligero y semblante risueño cuando avistaron el puente de Tablete. Se hizo de pronto el silencio, todos estaban sobrecogidos viendo el profundo tajo que se abría a sus pies. Únicamente se oía el romper del agua en el fondo, abriéndose paso en la montaña como a golpes de martillo, y el ruido seco de los cascos repitiéndose contra las peñas.

María sentía el pecho oprimido con emociones diversas: «Cuán hermoso y terrible al mismo tiempo... ¡Oh, si quebrara el puente sobre el barranco...!»

Llegaron a Orgiva, cabecera de la Alpujarra, con la tarde mediada, y como aún restaba un largo y escarpado camino hasta las tierras del conde, buscaron allí acomodo para pasar la noche. Tras reponer fuerzas, estando la noche todavía lejana, cada uno hizo aquello que fue de su gusto.

Subieron Hernando y María ladera arriba buscando amplitud de horizontes. Marchaban sin hablar, envueltos en silencio, aspirando sosiego. De pronto, un sordo batir de alas y un graznido violento les hizo detenerse sobresaltado: un grajo salió de un bosquecillo que habían dejado a la espalda y pasó sobre ellos, volando tan bajo que pareció rozarles. Entre unos arbustos se oyó un grito extraño, agudo y metálico, estremecedor en la soledad de la montaña: Grraa, grraa, grraa. Y como si de una aparición se tratara, se abrió el matorral y, entre jaras y romero, una anciana, ataviada a la manera morisca, alargó un brazo, sobre el que se posó suavemente el ave.

Retrocedió asustada María, y descubriéndoles la anciana, avanzó unos pasos. Nada, sino los ojos, se distinguía de su rostro. Bajo el manto, en otro tiempo blanco, que cubría su cuerpo enjuto y alargado, asomaban unos zaragüelles desteñidos y unas gastadas babuchas. Patenas y manijas plateadas colgaban de su cuello, además de abalorios y amuletos. Les miró un momento fijamente y desapareció con la misma rapidez con que había aparecido.

Tomó María un puñado de salvia que por allí crecía y aplastándola entre las manos, se las frotó con ella.

—Toma tú también, Hernando —exclamó sin atreverse a alzar la voz—, toma, y librémonos del mal de ojo.

Rió el joven sin preocupación ni miedo.

Le miró María cambiando de color.

—Calla, calla y vámonos, no sea que vaya a retornar la bruja.

—No es una bruja, María, sino una mujer

solitaria, que no sabemos por qué se aleja de sus semejantes. Me pareció una de esas curanderas que hacen pócimas y bálsamos, y toman del monte lo que necesitan para su aderezo.

—No, no... es una bruja, hechicera o maga, tanto da. ¿No ves de qué modo ha desaparecido en el interior de la montaña?

Rió de nuevo el joven:

—Me causa asombro que siendo tú valiente, y además cristiana vieja, creas en magias y brujerías... No se ha hundido la vieja en las entrañas de la tierra; ha entrado en su casa, simplemente.

No hay en este lugar casa alguna, ni choza, sólo matorral y piedra. Dime pues dónde está la bruja, sino oculta en lo más hondo de la montaña, como dicen que está oculto Boabdelí y toda su corte.

—María, María, que amiga eres de imaginaciones y leyendas. Y me parece que oyéndolas tiemblas y gozas al mismo tiempo. Ven conmigo y encontraremos el lugar donde se oculta la anciana.

Le siguió María recelosa e inquieta, aunque con gran curiosidad.

Apartó Hernando matorrales de retama y jara, y avanzando unos pasos, descubrió una oquedad en la roca que se adivinaba oscura y profunda. Dudó María un momento, pero al fin entraron en ella.

Del fondo llegaba una difusa claridad. Avanzaban despacio, tratando de acostumbrar sus ojos a la penumbra de la cueva. De pronto, tras una revuelta del estrecho corredor de piedra vieron a la anciana morisca. Se hallaba sentada en el suelo ante una peña plana que le servía de mesa. Tenía el grajo sobre el hombro y majaba algo en un almirez de bronce.

A la débil luz de un candil de aceite se agitaban las sombras. María ahogó un grito y apretó contra su pecho el ramillete de salvia.

Se estrelló entonces la risa de la vieja en las paredes, desdoblándose de saliente en saliente.

—De nada sirven salvia ni ruda frente al poder de la magia. Pero pasad, pasad sin miedo, y llegad en buena hora, que no hay aquí nada que pueda haceros daño.

No se atrevía María a alzar la vista, pero Hernando miraba en derredor con gran curiosidad: redomas conteniendo líquidos coloreados, ollas y pucheros con hierbas medicinales, morteros, marmitas... olor a musgo, humedad, penumbra...

—Es un cocimiento para curar la melancolía —exclamó la vieja, señalando un caldero humeante. Alzó luego el almirez—. Y esto que aquí véis son polvos para el mal de amores, y aquello otro un brebaje para soltar la lengua.

Sonrió Hernando, y percibiéndolo la anciana se alzó súbitamente enojada.

—Ya, ya veo, mozo descreído que pones en duda la virtud de mis pócimas. Pues sábete que todas ellas están hechas bajo el influjo poderoso de la luna crecida, y han sido aderezadas con la magia que el Gran Señor de lo oculto me tiene concedida.

Retrocedió atemorizada María y la morisca se alteró aún más. Hablaba una extraña lengua, mezcla de árabe y romance y era su voz ronca y susurrante y a la vez aguda.

—Y habéis de saber que mi poder es tan grande que una noche de enero volé cien veces alrededor de cada una de las torres de cien iglesias, y a mi paso tocaron a rebato todas las campanas. Embravecióse la mar porque así se lo ordené, y se calmó cuando deseé que calmara —exclamó alzando de tal modo la voz que el grajo, enardecido a la par que su dueña, graznó con un grito terrible.

Asustada, María se aproximó a Hernando hasta sentir el calor de su cuerpo, y tomando su mano la oprimió temblorosa. Entonces se borró todo para el joven y una emoción

suave y profunda, dulce y violenta al mismo tiempo, se apoderó de su ánimo.

Continuaba la vieja sus gritos y susurros, y la agitación de María iba en aumento. Volvió Hernando al fin de su encantamiento y se dirigió a la anciana con voz firme y tranquila.

—Sosegaos, buena madre, que no pongo en duda vuestras artes, ni hago burla de ellas; muy al contrario, estoy admirado de todo cuanto habéis dicho.

Se calmó poco a poco la anciana y acercándose a ellos les miró con atención. Permaneció muda un momento para hablar de nuevo mientras les pasaba la mano por la cara.

—Percibo por las líneas de vuestros rostros que ambos habéis nacido para la dicha. Sin embargo... —exclamó bajando la voz con una leve sombra de duda— sin embargo, me dicen las del cuello que fuerzas ocultas y adversas están al acecho.

Pronunció luego unos extraños susurros.

—Esta el Sol pendiendo sobre la Luna, con la ira de sus rayos la quebrará, caerá rota en pedazos sobre el mar, y las olas los llevarán a extrañas y lejanas playas... Cuídate mozo del Sol, que es propicio a los cristianos y recuerda que oculta cada día con su fuerza la pálida luz de la Luna, que acompaña a los musulmanes.

Tornó la morisca a sus susurros, y Hernando condujo a María hacia la salida. Descendieron todavía estremecidos. Bajo sus pies, al amparo de las montañas, estaba Orgiva entre olivos y naranjos. De pronto, les llegó lejano el sonido amable de las esquilas.

—¡Los rebaños, Hernando, suben los rebaños a los pastos de verano! —gritó María monte abajo.

Olvidados quedaron cueva y bruja, magia y oscuros presagios.

5

La noche del señor San Juan

¡Qué hermoso era el verano en la Alpujarra! y ¡qué lleno estaba de acontecimientos! Para María y Hernando no había horas vacías y cada jornada terminaba demasiado pronto. Apenas comenzado el estío, villas y lugares se encendían en fiestas, y no había en el año otro día tan señalado como lo era en junio el de San Juan.

María tomó una ramita de albahaca del repecho del balcón, la oprimió entre los dedos y se frotó la garganta y los brazos y luego el pecho y toda entera. Fresco y suave era ahora el aroma de su cuerpo. Después se vistió con ropas limpias y nuevas: se hallaba preparada ya para recibir la bendición del señor San Juan.

De la villa subían los cantos de los mozos al son de flautas y vihuelas. Cuando las campanas llamaron a la oración de la noche, todo el pueblo se puso en camino hacia el monte: señores y criados, cristianos y moriscos, chicos y grandes...

Subieron a la montaña entre cantos y bromas, y luego danzaron y jugaron en un claro del castañar. Olvidados estaban trabajos y pesares; se derramaba la alegría por la ladera, bajo la luz blanca de la luna. Pero cuando la posición de las estrellas señaló la medianoche, todos quedaron en silencio, que estaba el señor San Juan bendiciendo cuantas cosas existen sobre la tierra.

Después, volvió el bullicio y corrieron las jóvenes hacia el torrente para bañar en las aguas recién bendecidas manos y rostros, y luego mirar en el remanso para ver si en lo más profundo se reflejaba el semblante de aquel con quien se casarían.

María marchaba la primera, recogido el vestido, mezclada, como si fuera una de ellas, con doncellas del castillo y lugareñas. Nada le importaban los aspavientos de las dueñas y el ceño adusto de su hermano Íñigo. ¡Al torrente, aprisa, y a mirar en lo más hondo del remanso!

Estaban las mozas riendo, inclinadas sobre

las aguas, preguntándoles quién sería el
hombre al que tomarían por marido. Los jóvenes se aproximaron por detrás con gran
sigilo, y el rostro de Marcos quedó reflejado
junto al de Aldonza, el de Fernando junto al
de Elvira, el de Alonso al lado de Mencía...
Y entre risas y requiebros comenzó la danza
que llaman de los nuevos enamorados,

María seguía mirando el remanso; sin embargo únicamente la luna se reflejaba en sus aguas.

Al fin se levantó desilusionada. Cuando miró a lo alto, vio el cielo enrojecido en la dirección de Válor y Mecina. Pensó en los moriscos danzando alrededor de las hogueras y vestidos con sus mejores galas, que habrían arrojado al fuego las cosas antiguas.

—¡Padre, padre! —gritaba corriendo excitada hacia el lugar donde se hallaba el conde— hay hogueras en Mecina y Válor, mirad cómo se alza el resplandor de las llamas sobre las montañas.

Asintió el conde.

—Es muy hermoso contemplar la noche con destellos de fuego en la lejanía.

Entonces Íñigo Gómez de Hercos llegó también junto a su padre, y mirando hacia las hogueras habló con ira mal contenida:

—No entiendo, padre, cómo les son permitidas a los moriscos estas costumbres paganas. Hace mucho que debieran haberlas olvidado.

—A nadie hacen mal con ellas, Íñigo, y se distraen a su modo, como nosotros con las nuestras.

—Pero es grave peligro que el moro siga siendo moro, y a muchos sirve de escándalo la gran libertad en la que viven —respondió irritado el joven—. En Cadiar y en Mecina y Válor campean por sus respetos, y son alguaciles mayores hombres de su raza que todo se lo permiten. Más parece que a quien se mira con menosprecio es al cristiano.

—Tanto don Fernando el Zaguer como don Diego López Abén Aboó y don Miguel Abén Zaba son buenos cristianos y hombres prudentes —dijo el conde sereno.

—Mentirosos y taimados, padre, como todo morisco —respondió Íñigo—. Viven por fuera como cristianos pero son moros en su corazón, que guardan el Ramadán y hacen sus abluciones en secreto.

—De lo que hagan en el interior de sus casas nada se nos da, hijo. Bástenos con saber que son nuestros amigos.

—Son lobos con piel de oveja padre. Pensad en Miguel Díaz, que, viviendo desde niño a la sombra del castillo, tenía la daga preparada para ir a clavarla en la primera ocasión en el cuerpo de un gran amigo nuestro.

—Marcos Díaz de Holguera tiró antes de la espada, y así me lo ha dicho el anciano Diego Díaz que estaba presente —dijo el conde con firmeza.

—Padre, ¿dais crédito a un viejo morisco?

—Para mí la palabra de Diego Díaz es tan cierta como la del más cumplido cristiano.

—No, padre, todos los moriscos son a la postre mentirosos y traicioneros. Todo el mundo sabe que ya hubieran entregado el Reino a los turcos si la dificultad de la empresa no se lo hubiera impedido, y que están ahora en tratos con piratas y corsarios de Berbería. Nada daría yo por nuestras vidas si Miguel Díaz, su padre o los mismos Diego y Hernando, las tuvieran en sus manos.

María, que les escuchaba triste y desconcertada, mirando a su padre y a su hermano, habló con gran indignación.

—No son de esa manera Hernando ni Diego Díaz, su abuelo. Por el contrario son sinceros y leales, y grandísimos amigos nuestros. En cuanto a Miguel Díaz, tengo oído que es valeroso y defensor de débiles y desvalidos, ya sean moriscos o cristianos. Huyó al monte para salvar su vida y estoy cierta de que nunca nos haría ningún mal.

Se acercó entonces a ellos su hermano Gonzalo con Hernando y otros jóvenes, y con gran alboroto, risas y voces, les llamaron para que fueran con ellos.

—Vamos, Íñigo, vamos María, venid y hagamos el corro del ciego.

Se resistió Íñigo, pero María tomándole de un brazo le obligó a seguirla.

—Ven, Íñigo, y holguemos un rato que así olvidarás tus oscuros pensamientos.

Danzaron y jugaron largo tiempo y cuando la noche ya iba de pasada, María se apartó del bullicio. Con el rostro levantado hacia las estrellas pensaba en su madre y en los días en los que aún estaba entre ellos. Le parecía estar oyendo su voz: «Al amanecer el día del señor San Juan, los cielos llueven su rocío generoso sobre los campos. Quien espera el alba mirando a las estrellas recibe de ellas el regalo de la felicidad.»

Clareaba ya. Al frente se extendía una inmensa y serena soledad, sobre un horizonte de montañas, valles y aldeas. Tras ellos estaba el mar, yendo y viniendo de las playas de Albuñol y Adra a las blancas costas de África que, envueltas en una dorada niebla, se divisaban a lo lejos.

6

El prisionero

Transcurría el verano en paz. La campaña de la seda había sido provechosa en toda la Alpujarra. Los gusanos habían crecido con prontitud e hicieron temprano los capullos; el conde pensaba obtener de su venta grandes beneficios. La cosecha de cereales y frutas estaba ya recogida, y a la espera de la vendimia se organizaron justas, cañas, mascaradas, danzas y otros muchos entretenimientos y festejos.

Vencido estaba ya agosto. El aire de la mañana era fresco y el cielo, de un limpio y profundo azul, tenía ya ese tono propio de los calmados soles de otoño.

Gonzalo Gómez de Hercos salió a cabalgar acompañado de un escudero y un paje. No llevaban escopeteros de escolta, pues no pensaban alejarse de las inmediaciones del lugar, además el verano había sido tranquilo, sin rumores de asaltos ni tropelías de bandoleros.

Estaba la Sierra del Aire tan hermosa que, sin pensarlo dos veces, se adentraron en ella. Dejaron de oír el rumor del agua que rompía sobre las ruedas del último molino, atrás quedó el rebaño de cabras y el pastor tocando adormecido su flauta; a medida que avanzaban el camino se hacía más escarpado.

Alonso el Murtaní, capitán de monfíes, Mahomet de Baza, Ibrahim López, Miguel Díaz y otros de la cuadrilla, habían pasado el verano en las costas de Almería, y regresaban para otoñar en el abrupto y abrigado peñón de las Guajaras.

Un anciano y su nieto que andaban por el monte recogiendo leña menuda tropezaron de frente con los bandoleros.

Alonso el Murtaní era viejo y despiadado, cada una de las profundas arrugas que había en su rostro estaba marcada por el odio a los cristianos.

Adelantándose a los otros monfíes desmontó del caballo y se aproximó al anciano. Se puso éste ante su nieto en un vano intento de protegerle; pero el morisco lo apartó con violencia y apoderándose del muchacho lo arrojó como un fardo sobre el caballo. Luego, sacando la cimitarra, se volvió a sus compañeros:

—Por éste nadie va a darnos un escudo —exclamó haciendo ademán de descargarla sobre el anciano.

Miguel Díaz detuvo su brazo:

—¿De qué nos aprovecha su muerte? No sabe a dónde nos dirigimos y no puede ser un peligro para nosotros. Marche en paz que en nada nos ha ofendido. En cuanto al muchacho, es de tan corta edad y tan pocas fuerzas que escaso provecho sacaremos con su venta. Dejémosle junto a su abuelo y sigamos en buena hora nuestro camino.

—Uno y otro son cristianos, enemigos nuestros, por tanto. Opresores y perros fieros para los de nuestra raza —contestó el capitán.

Buscaba Miguel la manera de persuadirles y estaba dando vueltas en su mente, cuando oyeron cascos de caballos y una voz joven y clara que llenaba con su canto la montaña. Se ocultaron tras las peñas y observando Miguel que era gente principal y sin escolta se volvió al capitán:

—Tenemos ahí lo que andábamos buscando; seguramente habrá buenas doblas en las bolsas de esos caballeros.

Asintieron todos y olvidando al anciano y al niño montaron de nuevo y lanzándose ladera abajo salieron al encuentro de los cristianos.

Se quebró el canto en los labios de Gonzalo Gómez de Hercos y mudó de color Miguel al reconocerle.

Después de tomarles bolsas y objetos de valor, quiso el joven dejarles marchar; pero se opusieron a ello sus compañeros, enfurecidos y escandalizados.

—Por el caballero se pueden obtener grandes beneficios. Los piratas de Berbería podrían pedir luego por su rescate más de setecientos escudos. En cuanto a sus compañeros, el uno es joven y el otro no está escaso de fuerzas, serán cumplidos esclavos en aquellas tierras —exclamó Alonso el Murtaní.

—Este caballero es un gran amigo de los de nuestra raza; doy fe de ello. Su libertad sería de más provecho para nuestros hermanos de Granada que para nosotros los escudos de su venta —dijo entonces Miguel.

Se volvió hacia él Alonso el Murtaní y habló con tanto enojo que la mirada de sus ojos daba espanto.

—El cristiano que más aprovecha al moro es el que está muerto o cautivo. Me parece que eres un mozo blando o un gran traidor. Cuida pues tus hechos de ahora en adelante, no vayan a volverse en tu contra.

Siguieron luego el camino. Los monfíes contentos, con gran zozobra los cristianos, y Miguel Díaz cavilando la manera de prestarles ayuda.

Tres días pasaron Gonzalo Gómez de Hercos y sus compañeros con grandes privaciones y angustias en el peñón de las Guajaras, hasta que a la tercera noche llegaron cuatro moriscos fuertemente armados para conducirles a la costa, donde esperaba un bajel que llevaba esclavos a Berbería.

No había luna y marchaban al amparo de la oscuridad, sorteando peñas y adivinando barrancos, por el estrecho sendero que bajaba de la montaña al mar. Aunque los bandoleros conocían el terreno palmo a palmo, caminaban con grandes precauciones. Nada se oía sino sus propios pasos, alguna piedrecilla que se despeñaba y, de cuando en cuando, el rumor de un riachuelo.

Más profunda que la oscuridad que los envolvía era la zozobra de los cristianos que marchaban maniatados y unidos entre sí.

De pronto, el lúgubre canto del búho rompió el silencio de la noche. Los moriscos que abrían la marcha se detuvieron sobresal-

tados. Se oyó el canto una vez más y la voz del ave llenó de temor las sombras.

—Ulula el búho —dijo un monfí sobrecogido—. La noche está propicia para que el espíritu que se oculta en su interior clame venganza.

Se hizo de nuevo el silencio y la comitiva reanudó la marcha. Al pasar junto a una quebrada orillada de espeso matorral, el búho ululó más cerca. Era su voz tan plañidera, tan grave y tan insistente que inspiraba temor.

Cantó el ave una y otra vez. Se detuvieron sobrecogidos los moriscos. ¿Quién podía decir a ciencia cierta que el ánima de alguno de aquellos a los que habían dado muerte no se ocultaba ahora en el búho que allí ululaba?

Calló el búho y les envolvió el silencio. Prosiguieron con inquietud el camino, sintiéndose amenazados en la oscuridad, temiendo a cada paso, sobresaltándose con los crujidos de la maleza.

Se agitaron de repente los matorrales y retrocedieron espantados: nada podía verse. De nuevo se movió el matorral: algo se alejaba... un topillo, un conejo o quizá un zorro.

Se aquietó la noche y al fin se tranquilizaron.

—Bajando esta rambla el camino es franco hasta la costa —indicó uno de los guías con voz todavía temblorosa.

Y de pronto, entre las rocas, a menos de un tiro de arcabuz, volvió a agitarse el matorral, y el silencio se hizo añicos con el largo y agudo aullido de un perro.

—¡El can sin cabeza! La muerte nos persigue... Se cumple la venganza del búho... —gritaban aterrorizados los monfíes, corriendo en distintas direcciones.

Aulló el perro por segunda vez y era su aullido tan lúgubre que movía a espanto.

Algo se aproximaba arrastrándose al amparo de la maleza.

—Aprisa, Gonzalo, por aquí, tras las rocas —susurró una voz entre las peñas.

Gonzalo Gómez de Hercos y sus compañeros, mudos de temor y asombro, corrieron con la mayor rapidez que les permitían sus ligaduras. A su lado, protegido como ellos por la espesura de retamas y jaras, Miguel Díaz imitó por tercera vez el siniestro aullido del can de la muerte.

No bien se hubieron desatado, prosiguieron el camino.

—Tenemos que alejarnos ahora, aprovechando el temor de mis compañeros —había dicho Miguel arrastrándose en las sombras.

Marchaban sin hacer ruido, ocultándose en las rocas y matorrales. De trecho en trecho, el aullido del perro o el grito del búho se clavaban en la noche.

Muy avanzada la madrugada llegaron a un lugar en el que había un tajo profundo oculto por peñas y maleza, del cual partía un sendero estrecho pero bien trazado, que se adentraba en el monte.

—Aquí podéis esperar el alba con seguridad; yo vuelvo al peñón antes que las luces del amanecer denuncien mi ausencia —dijo Miguel indicándoles la quebrada.

—Ven con nosotros, Miguel; mi padre pedirá clemencia, para ti —suplicó Gonzalo reteniéndole.

—No soy de los que piden clemencia, Gonzalo, sino de los que la otorgan —respondió partiendo presuroso.

7

La leyenda del príncipe enamorado o el lenguaje de las aves

Desde que Gonzalo fuera asaltado por los monfíes, ninguno de los miembros de la familia del conde de Albeña se alejaba del castillo sin escolta. María procuraba distanciarse aunque no fuera más que unos pasos, porque teniendo a su alrededor hombres con arcabuces y ballestas, se sentía prisionera. Sin embargo, Hernando estaba siempre a su lado y su presencia le era tan grata que las cosas parecían más hermosas cuando él estaba cerca.

Una tarde, abandonaron el castillo y marcharon ladera abajo por senderos estrechos y escarpados, flanqueados de viejísimos olivos.

María estaba contenta, aunque no tenía un motivo especial para ello. ¡Si no hubiera sido por doña Leonor Almansa, que la seguía como si fuera su sombra, y todo aquel enjambre de arcabuces y ballestas!

Dejando atrás las acequias, el caminillo de bajada era aún más tortuoso, a veces había que rodear los enormes peñascos rojos con mucha precaución para no precipitarse en la hondura.

Doña Leonor suspiraba apoyándose pesadamente en el brazo de un arcabucero.

Sobre un peñón aislado se alzaba un antiguo castillo moro, casi destruido por los años y las guerras, que cobijaba a toda una legión de aves.

—Doña Leonor, en las noches de luna llena se asoma al torreón del castillo una princesa mora que gime hasta el alba. Sobre una bandeja de plata lleva su cabeza cortada —dijo María.

—¡Por todos los santos, doña María, no digáis tales cosas! —repuso la dueña haciéndose cruces.

Más abajo había naranjos e higueras, y en el fondo de la hondonada se deslizaba el río, mansamente, entre tamariscos y adelfas.

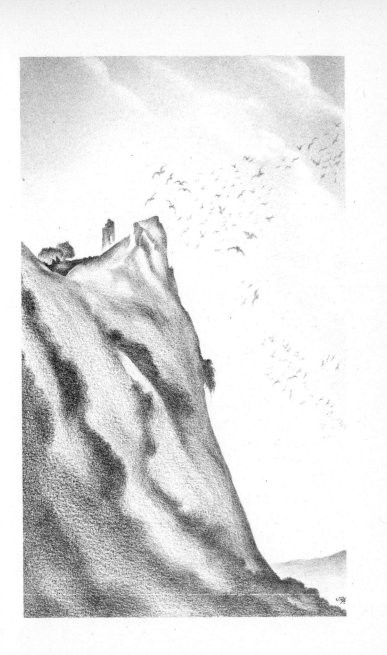

—Ya no puedo dar un paso más —exclamó doña Leonor Almansa cuando llegaron a la ribera, dejándose caer sobre la arena.

Sin abandonar sus arcabuces se sentaron también los hombres de armas.

Desde una quebrada llegaba el canto claro y sonoro de una avecilla.

—¿Qué pájaro es ese que canta? —preguntó María aproximándose admirada.

—Es el ruiseñor ribereño que llama a su compañera —respondió Hernando.

—Pero, ¿no suele el ruiseñor cantar de noche? —exclamó María.

—Canta noche y día, y todas las horas parecen ser escasas para sus gorjeos. Pero con la noche cesan los ruidos, y hay quietud para oír lo que durante el día no suele oírse.

De pronto, la voz del ave se convirtió en llamada de alarma: un halcón oteaba el valle.

—Escucha cómo avisa del peligro a otros pájaros que pueden hallarse cerca —advirtió Hernando.

Revolotearon alarmados, pinzones y mirlos, se ocultaron inquietas las golondrinas, enmudeció el verdecillo... Vacío quedó el aire de trinos y vuelos, hasta que el halcón regresó a su nido.

—Así pues, ¿es cierto que los pájaros hablan los unos con los otros? —preguntó María.

—Al menos pueden entenderse entre ellos —respondió Hernando.

—Siendo yo muy niña pensaba que los animales y aun las cosas podían hablar como las personas, y regocijaba sobremanera cuando mi aya me contaba historias de hombres sabios que entendían el lenguaje de las aves y las plantas. ¿Conoces tú estas bellas leyendas, Hernando?

—Aún se cuentan en Granada algunas de ellas, pero yo prefiero la del príncipe enamorado.

—Nárrala para mí ahora —suplicó María, sentándose al pie de una añosa higuera silvestre.

Se sentó el joven a su lado y, apoyados ambos en el tronco del viejo árbol, comenzó el relato:

«Hace largos años había en Granada un rey despótico y cruel al que temían todos sus súbditos. Su hijo mayor, el príncipe Hassán, por el contrario, era bondadoso y gustaba de mezclarse con campesinos y gentes sencillas. Sabía de esta manera cómo discurrían sus vidas, cuáles eran sus alegrías y sus inquietudes y pesares. Y así, del conocimiento nació la estimación y el mutuo aprecio. Pero ocurrió que, pasito a pasito y sin ruido, llegó el amor y el príncipe se enamoró de la hija de un labrador de la Vega llamado Abahul.

Los jóvenes mantenían en secreto su amor. Pero los rumores son más veloces que el viento; el rey se enteró y prohibió a su hijo que viese a la labradora hasta que no se celebraran sus bodas con la hija del rey de Toledo. A partir de ese momento podría tomar cuantas concubinas quisiera. El príncipe le respondió que amaba tanto a la hija de Abahul, que deseaba tenerla como favorita y primera esposa.

Enfurecido el rey le encerró en la Alhambra en lo más alto de la torre que llaman de Gomares, sin más compañía que la de un hosco carcelero.

Pasaba Hassán las horas en la más completa soledad y melancolía, mirando entristecido hacia la Vega.

Cientos de aves volaban cerca de la torre. Unas allá abajo, en el verde valle del Darro. Otras arriba, sin más techo que el azul del aire. Algunas próximas, casi al alcance de su mano. Observaba sus vuelos y oía sus cantos y así entretenía su ocio y calmaba su tristeza.

Se sucedieron los meses. El príncipe había llegado a comprender el lenguaje de los pájaros, pero las aves tímidas y asustadizas no osaban llegar hasta la torre aunque Hassan deseaba fervientemente conversar con ellas.

Sin embargo, una mañana cayó a sus pies una tórtola herida que huía del azor. La tomó con cuidado y restañó sus heridas; luego calmó su sed y le habló en el lenguaje de los pájaros.

Durante los días que permaneció en la torre, la tortolica y el príncipe llegaron a ser grandes amigos. Le contó ella hermosas historias del aire y él le confió la causa de su tristeza y melancolía.

Sanó al fin el ave, y Hassán la puso en libertad, aunque con gran pena, pues con su marcha tornaba a su soledad.

Una luminosa mañana de primavera voló la tórtola en dirección a la Vega, siguió Hassán su vuelo hasta que la vio perderse en la lejanía. Cayó entonces en el más profundo abatimiento, y así permaneció durante todo el día, hasta que al atardecer se posó la tórtola en el ajimez.

Le contó que había volado a la Vega y llegando a casa del labrador Abahul, encontró a su hermosa hija llorando en el jardín.

Aumentó entonces de tal manera el dolor de Hassán que no quería tomar alimento ni bebida alguna.

La tórtola, para consolarle, bajó al valle y

pidió al mirlo que cantara para él; pero el mirlo con su amarilla flauta no pudo lograr ni una sola sonrisa de sus labios. Cantó luego el verdecillo, después la calandria, y más tarde el pinzón; pero el abatimiento de Hassán iba en aumento.

Salió la luna y se volvieron de plata las aguas del Darro. A lo lejos, coronadas de blancos resplandores, se alzaban las cumbres de Sierra Nevada. Cantó el ruiseñor y sus trinos eran más claros que las aguas del río. Pero el príncipe miraba y no veía la hermosura de la montaña, oía y no escuchaba el canto del ruiseñor. El alba lo encontró acodado en el ajimez, mirando tristemente hacia la Vega.

Reunió entonces la tórtola a las aves de la llanura y del monte, y juntas deliberaron durante toda la mañana, hasta que hallaron la manera de sacar a Hassán de su prisión.

Al atardecer, cientos y cientos de aves llegaron a la colina de la Alhambra.

Estaba el carcelero de vigilancia. La llave pendía de su cuello, y el candado tenía dadas tres vueltas. De pronto, el aire se hizo música. Escuchó sorprendido: ¿Qué era aquel sonido suavísimo que descendía de la torre? Nunca había oído nada semejante...

Cantaban las aves y el carcelero las oía em-

belesado. ¡Qué hermosa melodía! Pero entre
aquellos gruesos muros llegaba débilmente.
Subió unos peldaños; la música era más
clara. Subió un poco más; las notas descen-
dían cristalinas y dulces. Subió y subió hasta
llegar a lo más alto. Pinzones, calandrias, ver-
decillos, ruiseñores... desgranaban unidos

sus trinos. Salió entonces la Luna y un ensueño maravilloso se apoderó de él. Cantaron las aves durante toda la noche. Con el alba, despertó sobresaltado de su encantamiento. ¡La cinta que sostenía la llave no pendía de su cuello!

La Vega despertaba al sol de la mañana, y el príncipe y la hija de Abahul, el campesino, cabalgaban hacia tierras de Córdoba.»

Terminó Hernando su narración y el ruiseñor aún seguía cantando.

—¡Qué hermoso canto! —susurró María— No me extraña el ensueño del carcelero. ¿Crees tú, Hernando —preguntó luego— que es posible comprender el lenguaje de las aves?

—No como el príncipe Hassán. Pero observando sus costumbres, sus vuelos y sus cantos, me parece que de alguna forma se puede llegar a entenderlas. El ruiseñor canta oculto y oyendo sus trinos todo queda en paz. Es pues, a mi entender, un ave tímida que gusta de la belleza en soledad.

—Sin embargo, ese pajarraco negro que grazna ahora en la vieja torre, continuamente está gritando amenazas. Los pobres pajarillos se alejan atemorizados. Es pendenciero y malhumorado, parece un bandolero del aire

—observó María, señalando un cuervo sobre el torreón.

—Ves, María —sonrió Hernando—, ves cómo empiezas a entender el lenguaje de las aves.

Caía la tarde cuando iniciaron la vuelta. Una pareja de palomas bravías salió del olivar y se dirigió al castillo. María las siguió con la mirada; volaban a la par y era su vuelo tranquilo y vigoroso. Se posaron en una de las torres, arrullándose, dándose los picos, ahuecando las plumas...

—Ése es el lenguaje de amor de las palomas ¿no es cierto? —preguntó María.

—Así parece —respondió Hernando— y creo que se sienten muy felices.

Alzó María de nuevo la vista y su corazón latió angustiado. ¡En el paso de ronda había aparecido un ballestero! María ahogó un grito, y sobre las almenas cayó una paloma con el pecho atravesado.

Voló espantada su compañera, pero no se alejó; describía círculos a su alrededor, con vuelos desiguales.

María gritaba en silencio: «¡Vuela lejos, paloma!»

Los círculos eran cada vez más cerrados, el vuelo más inseguro, la inquietud mayor, y al fin, la paloma fue a posarse junto a su com-

pañera caída. La arrulló, le ofreció el pico, atusó suavemente sus plumas... y, como no pudiera despertarla, abrió la cola y correteó desesperada invitándola a levantar el vuelo. Se alzó un instante, y, de nuevo, fue a posarse a su lado.

Dudó un momento el ballestero, pero al fin tensó la ballesta y la palomá cayó sobre las almenas.

—¿Sabes, Hernando, si el amor es más hermoso que la vida? —preguntó María apesadumbrada.

Hernando no supo hallar respuesta. El silencio se hizo doloroso y María penetró lentamente en el castillo.

Terminada la vendimia partió el conde de Albeña con su familia a tierras de Castilla. En la Vega la aceituna aún estaba en el árbol, pero Diego Díaz, su hijo y su nieto se encargarían de vigilar su recogida como otros años. El castillo quedó en silencio, cerradas puertas y ventanas, desierto el gran patio de armas.

Hernando tenía el ánimo melancólico, andaba inquieto, sin hallar paz en ninguna parte, recordando a María y los hermosos días del verano.

El otoño estuvo lleno de rumores y presagios. En Granada, se decía, iba a proclamarse una *pragmática* prohibiendo las costumbres musulmanas. Los moriscos, sintiéndose amenazados, se unieron en un solo espíritu y vieron en cada cristiano un enemigo. Acentuadas las diferencias entre unos y otros se ensanchó día a día la profunda quebrada que dejaba los cristianos a un lado y los moriscos al otro. 1567 nació cargado de tristeza.

8

El vendedor de albardas

Hernando penetró en el zaguán aterido y sin color en el rostro. El primer día de enero había caído sin piedad sobre las tierras de Granada. Blancos y yertos estaban los campos, el cielo gris, y el aire que bajaba de la sierra hería como un cuchillo.

Ni cantos de pájaros ni ladridos de perros aliviaban la inmensa y helada soledad de la campiña. Sin embargo, la cocina, arropada por el agradable y oloroso calorcillo que subía del brasero, estaba tibia y acogedora.

Hernando se dejó caer en la zalea y durante unos momentos permaneció mudo mirando el fuego. Su abuelo y su madre le observaban con inquietud. Al fin, el anciano rompió el silencio.

—¿Qué sucede, hijo? ¿Qué es lo que te turba y preocupa de tal manera?

El joven volvió de su ensimismamiento y respondió con voz ronca.

—He oído en Granada el pregón de la *Pragmática,* abuelo.

Ana Pacheco y Diego Díaz palidecieron.

—¿Es tan grave como temíamos? —preguntó la madre.

—Más aún. Se nos prohíben nuestros vestidos y el uso de los baños, nuestras costumbres y nuestras fiestas; nos quitan la lengua arábiga, y durante los viernes deben permanecer abiertas las puertas de nuestras casas... los rostros de las mujeres estarán desde ahora desvelados... y otras muchas cosas. Granada hierve de ira y dolor, y hay corrillos en todas las plazas.

Ana Pacheco ocultó su rostro entre las manos. Se endureció de tal manera el semblante del anciano que sus facciones parecían talladas sobre piedra. «Gran Dios, gran Dios», murmuraba incesantemente. Al fin, se levantó y caminó con torpeza hasta la ventana.

—Muchos y grandes males sucederán a esto —susurró con voz quebrada, mirando en dirección al castillo de Albeña—. Muchos y grandes males.

Hacia el mediodía regresó el padre, pálido de indignación.

—El rey y los cristianos, vuestros amigos, estarán hoy contentos. Rota está nuestra raza, pisoteadas nuestras costumbres; ya no existe la lengua arábiga, ni queda moro en el reino —gritó dando un golpe sobre la mesa, y cayeron al suelo las tazas y platos que en ella había.

Ana Pacheco comenzó a llorar con tan gran congoja que no se podía tener en pie. Su marido la miró con enojo.

—Y tú, tú que tan bien acataste la religión que nos impusieron, que tu corazón es cristiano, ¿por qué gimes ahora? Reza, reza a tu Señora Santa María para que te proteja de la ira y el desprecio de los tuyos.

Fue enero un mes de tempestades sobre las tierras de Granada y sobre los corazones de los moriscos. Sin embargo, fueron muchos los que hablaron en favor de ellos y pidieron que les fueran permitidos sus usos y costumbres.

También intervino el letrado don Francisco Núñez Muley, cristiano de corazón y moro de nacimiento, que presentó al presidente de la Cancillería, don Pedro de Deza, un memorial en defensa de sus hermanos de raza. Ese mismo día hacían antesala, esperando audiencia, el capitán general, marqués de Mondéjar, y tres nobles caballeros de Granada. Eran éstos, don Luis de Córdoba, don Alonso de Granada Venegas y don Gonzalo Fernández Zegrí. Los dos primeros descendientes de los últimos reyes nazaritas y el tercero de la muy antigua y noble casa de los Zegríes. Aunque moros de raza, eran cristianos sinceros y vasallos leales del rey de España, como ya antes lo fueron sus padres.

—No tengo puestas grandes esperanzas en los resultados de esta visita, don Pedro de Deza es obstinado y marcha únicamente en la dirección hacia la que quiere ir —les decía el marqués de Mondéjar.

—De todos modos debemos intentarlo —repuso don Alonso de Granada.

Cuando se abrió la puerta de la estancia en la que estaban, apareció en el umbral la anciana figura de don Francisco Núñez Muley. Caminaba inclinado, no tanto por el peso de los años como por su pesadumbre.

—¿Qué ha sucedido, don Francisco? —preguntó el marqués, levantándose con apresuramiento.

—Papeles para el viento, don Íñigo —exclamó desmayadamente el anciano mostrando el memorial—. No he podido convencerle, es duro como una roca... Les deseo mejor suerte.

Entraron a la audiencia con prevención. Don Pedro de Deza les recibió con frialdad. Era un hombre poco afable y muy obstinado, que no solía cambiar sus juicios y los defendía con violencia.

—Sería de mucho bien y provecho si la *Pragmática* quedara en suspenso, como sucedió con aquellas otras que se dictaron en los tiempos de la reina doña Juana y su hijo el emperador don Carlos —decía el marqués de Mondéjar.

—En esta ocasión el rey Don Felipe II tiene determinado que se cumpla. La pureza de nuestra religión así lo pide y la seguridad de las tierras de España lo exige. Si los moriscos hubieran podido, hace tiempo que habrían entregado el Reino al Turco. Es una raza de hombres taimados y perversos, y hay que tratarles con todo el rigor de la justicia —respondió don Pedro de Deza.

—También los hay fieles y nobles, como mentirosos y ruines

entre los nuestros. Vos sabéis que son muchos los abusos que se cometen contra ellos, y aun por quienes debieran ser sus valedores. Constantemente tengo quejas de los excesos de justicias y alguaciles.

—Están los moriscos descontentos, y alterados muchos de ellos, y si ahora se les aprieta con estas medidas temo desórdenes. —dijo don Luis de Córdoba.

—Sabéis, don Pedro, que corren por Granada rumores de alzamiento. Todavía son rumores, pero de seguir adelante con la Pragmática pudieran determinarse a tomar las armas —añadió don Alonso de Granada Venegas.

—Si tal cosa llegara a suceder, don Luis y don Alonso, y también don Gonzalo, tendríais que reprimirlos, aun por la fuerza, porque siendo vasallos del Rey estáis obligados a ello.

—Tened por seguro que así lo haríamos. Pero estad también seguro, que esto nos costaría una enorme violencia —repuso muy alterado don Gonzalo Fernández Zegrí.

—No sé quién se alzará entre los moriscos principales de Granada, aun siendo vasallos del rey y cristianos de corazón, al ver a sus hermanos de raza en tanto aprieto. Pero os aseguro que si llegan a hacerlo, vos seríais el que les habríais empujado a ello, y aquellos que, como vos, han incitado a dictar la Pragmática —exclamó con el rostro crispado el marqués de Mondéjar—. Y sabed que si hemos de tomar las armas contra ellos, también yo las tomaré muy en contra de mi voluntad, porque tengo desde antiguo, como los tuvieron mi padre y mi abuelo, fieles y verdaderos amigos entre los moriscos.

—Vos, marqués, y otros de vuestra nobleza, sois grandes amigos de los moriscos. Pero me parece que no es oro todo lo que reluce. Defendiéndoles defendéis también los diezmos que os tributan y los brazos que labran las tierras de vuestros señoríos —dijo don Pedro de Deza.

Se levantó el marqués pálido de ira y, mirándole con fijeza, habló con gran sequedad y desprecio mientras se calzaba los guantes:

—De todo hay, don Pedro, pero también existe entre unos y otros verdadero aprecio; aunque hace falta ser magnánimo y bienintencionado para entenderlo. Y estad seguro que mucho nos aprovecharía a todos si moriscos y cristianos vivieran en paz y concordia.

Pocos días después, el marques de Mondéjar marchaba a la Corte para tratar de la suspensión de la Pragmática.

Pero se consumieron con el año 1567 las esperanzas de los moriscos y, consumida también su paciencia, comenzaron a reunirse para deliberar y ver la manera de alzarse en armas y volver al Reino a la Ley de Mahoma.

En la Vega, Diego Díaz y su familia se hallaban temerosos y con el ánimo entristecido. Una tarde, comenzando la primavera, llegó hasta su casa un anciano de encorvadas espaldas y blanca barba. Vendía albardas y arreos para caballerías, y como estaban necesitados de ellas le franquearon la entrada. Ya en el patio, se enderezó el albardero y se le aclaró la voz como por encanto. Lo contemplaban admirados cuando él, con grandes risas, besó a Ana Pacheco.

—¿Es que tampoco vais a conocerme, madre? ¿Tan cambiado estoy bajo el disfraz de estas teñidas barbas?

Reunida la familia y pasadas las primeras emociones les reveló Miguel la causa por la que corría tan gran riesgo como era bajar a la Vega estando perseguido por la justicia.

—Se está concertando un gran levantamiento en todas las tierras del Reino de Granada. Y es necesario saber cuántos hombres de armas hay en ellas, y cuántos están determinados a alzarse. Andan limosneros de la

Cofradía de la Resurrección, bajo pretexto
de pedir limosnas para el Hospital, reco-
rriendo Granada y el Albaicín, haciendo
acopio de armas, dinero y víveres que envían
a los refugios de las montañas por medio de
campesinos y arrieros. Otro tanto hacemos
monfíes y hombres de la Alpujarra en la
Vega, en Guadix y Baza.

Cuando terminó de hablar se hizo un largo silencio. Miguel los miraba de uno en uno. Al fin habló con pesar el anciano Diego Díaz.

—Vuelven a mi mente otros tiempos, hijo mío. Los años tristes de 1500. Se impuso entonces la crueldad y el odio; perdimos luego la libertad para practicar nuestra religión y vinimos a estar en más opresión que antes estábamos. Temo que ahora suceda otro tanto y perdamos lo poco que aún nos queda. Cubra pues la mujer con modestia su rostro, llamémonos en la intimidad por nuestros nombres moros como ahora lo hacemos, hablemos en lo secreto nuestra lengua, que pasando el tiempo se aclararán los extremos y los rigores de ahora.

—Sois viejo, abuelo, y está vuestro espíritu cansado, puedo entenderos. Pero, padre, y tú, hermano ¿qué pensáis hacer?

Dudó un momento Francisco Díaz.

—Mi corazón rebosa odio y tengo el ánimo colmado de resentimiento; pero me parece más prudente esperar hasta que sea la empresa segura y sin riesgo.

—Veo, padre, que tenéis en mayor estima vuestra hacienda que la causa de nuestra ley y nuestra raza. Pero yo os digo que me parece preferible vivir con pobreza a permanecer bajo el yugo de los poderosos. Y tú ¿vienes conmigo? —preguntó luego a Hernando.

Bajó éste la vista no sabiendo qué responder.

—¿Qué determinas? —preguntó Miguel por segunda vez mientras se levantaba airado— ¿Tan flaco es tu ánimo y tu cobardía tan grande que no te atreves a separarte de los brazos de nuestra madre?

—No tengo el ánimo enflaquecido, ni tampoco me acosa el miedo, pero mi espíritu está prisionero de grandes dudas. Muchos cristianos que son amigos nuestros están ahora procurando nuestro socorro y alivio. Si nos alzamos en armas, por fuerza tendrán ellos que volverlas contra nosotros, y desatada la violencia nadie sabrá cómo atarla de nuevo.

Mientras, la madre gemía apartada, temblando su corazón cristiano por la suerte de los suyos.

Con la noche cerrada partió Miguel con gran ira y disgusto, dejando a su familia más inquieta y temerosa que antes lo estaba.

Pocos días después se reunieron los jeques y principales de los moriscos y decididos al alzamiento, acordaron elegir un rey que les uniera y guiara, proclamando como tal a don

Fernando de Válor, de la noble familia de los Humeya, que fueran en tiempos pasados reyes de Córdoba, y que ahora vivía en Granada y era caballero distinguido por los cristianos.

La rebelión sería en invierno para aprovechar la dureza del tiempo, ya que siendo ellos grandes conocedores de las tierras de la Alpujarra, en las que pensaban guarecerse, y gente más sufrida y resistente que los cristianos, estarían de este modo en ventaja.

Concertaron que habían de entrar en la Alhambra durante las altas horas de la noche; amparados en la sombra y ayudados por la luz suave y propicia de la luna, la empresa llegaría a buen fin. Desde allí harían luego dos salvas de cañón, y oyendo esta señal irían sobre la ciudad todos los moriscos del Albaicín y la Vega.

9

Recuerdos

El tiempo transcurría lento y con desesperanza para el anciano Diego Díaz. Como no tenía en la mente sino oscuros pensamientos, buscaba en lo más hondo de su corazón los recuerdos más antiguos y queridos. Pasaba las horas sentado ante el fuego, contemplando cómo se consumían, lentamente, los menudos leños de naranjo, y cómo ardían con alegres chisporroteos las ramas secas de jara y romero. Vivos y luminosos, alzados sobre el tiempo como las llamas sobre la chimenea del hogar, eran los recuerdos del viejo morisco. Con las manos plácidamente abandonadas sobre el regazo y la mirada en la candela, tornaba a su juventud viendo recortarse tras el fuego la figura alegre del conde don Gonzalo. Sonreía oyéndole en su interior, y en silencio conversaba con él.

—Date preso, Muza traidor.

—No soy traidor, ni lo ha sido ninguno de los de mi linaje. Y tampoco es Muza mi nombre, sino Haxer; pero estoy presto a defenderme.

¡Y qué magnífica contienda siguió! Se había defendido como un valiente; pero era Gonzalo tan fuerte y porfiado...

Después, marcharon juntos al castillo. El azor estaba sobre su percha. Gonzalo alargó el puño y el ave se posó con suavidad sobre él...

—¿Ves, Haxer?, está adiestrado, pero no puedes tocarlo aún, te destrozaría la mano a picotazos.

¡Qué inmenso y claro era el cielo con el azor volando sobre sus cabezas!

—Llámalo ahora, Gonzalo, quiero ver cómo acude a tu voz.

Y ¡cuán presto acudió! Parecía una flecha parda...

—Al mes de Ramadán sigue otro mes de gozo, durante el cual todos nos sentimos hermanos —le había dicho a Gonzalo en una ocasión—. El primer día del mes de Xanal se celebran grandes fiestas. Los padres bendicen a sus hijos, y los amigos se visitan y piden disculpas por si en algo se han ofendido. En todas las casas hay abundancia de dulces de miel, arrope, buñuelos, melcochas... para obsequiar a los visitantes.

La figura de su amigo se recortaba menuda y sonriente sobre las llamas, hacía gestos de alborozo y se relamía pensando en los dulces.

—Haxer, he de ir contigo a la fiesta del primero de Xanal —exclamaba dando saltos y palmas.

El joven conde aparecía luego vestido como un moro, con los ojos bajos, chispeando risas, inclinando el cuerpo en una extraña reverencia. ¡La habían repetido tantas veces...! Y Gonzalo con la boca hinchada de dulces, murmuraba con voz ronca:

—Perdóname, hermano, para que Allhá te perdone a ti.

Después, veía tortas, melcochas y confituras cayendo de la faltriquera, y el olivar inmenso ante sus ojos.

—¡Oh, Gonzalo, qué grande reprimenda tendré luego por tu causa!

—Calla y corramos, Haxer, que no estaré tranquilo hasta hallarnos lejos de esta jauría que nos persigue. Pero juro por mi vida que nunca probé dulces tan apetitosos.

Y en la noche, todavía sintiendo el cinto de su padre sobre el cuerpo, aquel tremendo dolor en las entrañas:

—¡Oh, Gonzalo, Gonzalo, me parece que he comido demasiado!

Diego Díaz sonreía recordando; cuando arrojaba leña menuda a la canela, el fuego se elevaba y la estancia se encendía en luces azules y doradas, y entonces sus recuerdos crecían con las llamas.

Recordaba aquellos amaneceres de verano, en los que subían a las cumbres de Sierra Nevada, con un puñado de higos secos, y un trozo de pan y de queso por todo alimento. Luego, ya muy arriba, compartían con los pastores gachas y leche de oveja.

¡Qué hermosa era la soledad en lo alto! ¡Qué lejanos se divisaban castillos, torres, casas...! y ¡qué pequeños se adivinaban los hombres! En la distancia no se distinguía al cristiano del morisco, eran figuras humanas simplemente. Y arriba, próximas a las cimas: ¡las lagunas!

Diego Díaz veía a Gonzalo Gómez de Hercos sonriente junto a las rocas que les rodeaban.

—Cuentan que en el fondo de la laguna —le había dicho— hay un palacio maravilloso en el que vive una hermosísima princesa, y dicen que cuando la luna está crecida, sale a la superficie y toma entre sus brazos al hombre que se encuentre en la orilla, para hundirse con él nuevamente en las aguas.

—¡Vamos, Haxer!, vamos rápido, y hagamos saber a la princesa que estamos aquí, que hoy hay la luna llena —exclamaba riendo, arrodillándose e introduciendo las manos en el agua.

¡Cuán frías eran las noches de julio en las cumbres! Al atardecer encendían una hoguera que, alimentada con ramas de tomillo y romero, se alzaba olorosa, cubriendo las cimas de sombras azules. Dormían al amor de los rescoldos, arropados hasta los ojos con gruesas mantas de pastor.

Y por la mañana, todavía muy temprano, Gonzalo le sacudía alborozado, porque, de repente, se había levantado la aurora. Apenas apagada la Luna, aparecía el Sol, subiendo sobre las distantes montañas que iban cambiando su oscuro malva por un alegre tono rojizo envuelto en brumas doradas, y entonces aparecía ante ellos la costa entera de África.

—Mira, Haxer, mira el mar. Nunca se detiene, viene y va, y baña a las dos costas con las mismas aguas. Es el mar de África y el mar de Granada, Haxer —decía el joven conde poniendo la mano sobre su hombro.

Con las tenues llamas del último leño de naranjo se apagaban sus recuerdos, y Diego Díaz se retiraba a su aposento.

Llegó diciembre cargado de odios, desconfianza y tristeza. Ana Pacheco no hacía sino lamentarse; Francisco, su marido, se consumía de inquietud y de ira; Hernando se debatía entre la duda; y en cuanto a Miguel, andaba en las montañas preparando la guerra.

Diego Díaz estaba cansado y entristecido; su corazón se paró una noche mientras veía alzarse entre las llamas la figura amiga del buen conde don Gonzalo. A la par que los leños de naranjo se apagó su voz en susurros: «Un azor al que yo mismo he adiestrado... Perdóname, hermano, para que Allhá te perdone a ti... Mira, Haxer, es el mar de África, y el mar de Granada...»

10

Un rey para los moriscos

Estaba don Fernando de Válor de pie sobre el estrado que se alzaba en el olivar. Vestía de púrpura y protegía su cabeza el rico dosel de seda que un día protegiera a los reyes de Granada. Lo rodeaban hombres principales de los moriscos y, tras ellos, una gran tropa de gente armada llenaba el olivar.

De entre la multitud se adelantó un faquí y comenzó a leer una antigua profecía. Terminada la lectura, pusieron a don Fernando una insignia colorada sobre los hombros, un estandarte en la mano izquierda y en la diestra una espada. Tendieron luego en el suelo cuatro banderas, mirando a las cuatro partes del mundo, y con el rostro vuelto al oriente, don Fernando juró sobre el Alcorán morir por su Reino y por su Ley y defender siempre a sus vasallos. Después, Fárax Abén Fárax, que había sido el impulsor del alzamiento, se postró ante él y besó el suelo.

Varios de los hombres de su escolta levantaron luego a don Fernando para que su pueblo pudiese verle. «Dios ensalce a Mahomet Abén Humeya, Rey de Granada y Córdoba», vitoreaban, y todos se inclinaban a su paso. Volvió Abén Humeya al estrado y, mientras se alegraba el aire con música de dulzainas y chirimías, sus súbditos se acercaban a él y le besaban la mano en señal de pleitesía.

Más tarde, nombró los capitanes de su ejército, poniendo al frente de todos a su tío Muley Abén Xáhuar, hombre prudente, que había sido amigo de los cristianos hasta aquel momento y entre quienes era conocido como don Hernando el Zaguer.

Se celebró luego una gran fiesta mora y al son de la zambra recuperó el morisco su alma musulmana. Y a partir de este momento volvieron a sus costumbres y se llamaron públicamente por sus antiguos nombres, y el que entró en el olivar llamándose Fernando, Marcos o Ana, al salir de él se llamaba Mahomet, Abdalá o Aixa.

Había nevado copiosamente durante todo el día y la noche estaba envuelta en niebla y ventisca. Sin embargo, Fárax Abén Fárax cruzó con un puñado de monfíes los cerrados pasos de la sierra y por la Puerta Alta de Guadix penetraron en el barrio morisco del Albaicín y tocando atabales y trompetas llamaban con grandes voces al alzamiento. Era viernes, día 24 del mes de diciembre, del año 1568. Los moriscos habían celebrado en secreto su jornada de ayuno y descanso, y se preparaban para la comida de medianoche; los cristianos, reunidos en las iglesias, conmemoraban la Natividad de Jesús.

Gritaban Fárax Abén Fárax y los suyos arengando a sus hermanos de raza: «¡Salid moros y vayamos todos sobre la Alhambra, que están las almenas esperando las astas de nuestras banderas! ¡Viva la Ley de Mahoma! ¡Bendiga Allhá nuestra empresa!

Altas y claras eran las voces, como de quienes no temen ser oídos; alborozadas y seguras como de quienes saben que serán seguidos con prontitud.

Sin embargo, el miedo se apoderó de los moriscos y puertas y ventanas permanecieron cerradas, sin que ninguno se atreviera a abandonar la protección de su casa.

Entonces rompió la furia de Abén Fárax y

se alzó su voz quebrando el aire en la noche.

—¡Salid presto, cobardes hijos de perra!...
casta menguada y ruin... rapadas sean vuestras barbas...

Mas gritó en vano. Quieto permaneció el
Albaicín, mudo el cañón de la Alhambra,
dormida y calmada la Vega.

Cuando volvieron a la Alpujarra estaban
consternados y llenos de ira; pero dijeron a
los de aquellas tierras que Granada y la
Vega se habían alzado. Oyéndolo se levantaron los moriscos de las montañas.

Fárax Abén Fárax, hombre de corazón despiadado, entraba a sangre y fuego en las villas, sembrando dolor y desolación sin respetar a nadie.

Nada sabían de ello el joven Abén Humeya ni su tío Muley Abén Xáhuar, porque el cruel morisco evitaba informar de la campaña tanto a su rey como al capitán general. Él era Fárax Abén Fárax, tintorero de la tinta del arrebol, moro valiente que había fraguado en su mente la idea del alzamiento y las cosas habrían de hacerse a su manera, tanto si le gustaban al rey como si no le gustaban.

Miguel Díaz subía los riscos jadeando, aunque acababa de amanecer y la sierra estaba cubierta de nieve, se hallaba acalorado. En muy poco tiempo había subido desde la falda del Mulhacén hasta más de media montaña. La noche había sido terrible, parte de ella había estado procurando calmar la ira insensata de sus compañeros los monfíes; y la otra, tratando de hallar refugio para los desgraciados cristianos que huían de ellos. Ahora marchaba agotado y ansioso, preguntándose qué habría sido de Martinillo. Silbó con todas las fuerzas que le permitieron sus cansados pulmones y esperó angustiado.

Le pareció música el agudísimo y prolongado silbido que respondió al suyo.

Martinillo corría monte abajo. Cuando estuvo lo suficientemente cerca para apreciar su palidez y cansancio se detuvo sorprendido.

—¿Qué te sucede, amigo, te has dañado subiendo o estás enfermo?, porque vienes sin color y sin resuello.

—Ni lo uno ni lo otro; he venido con prisa y estoy falto de reposo.

Saeta les salió al encuentro deshaciéndose en saltos, buscaba la golosina que Miguel guardaba para ella cuando subía a visitarlos, pero aquella mañana nada tenía que ofrecerle.

Delante de la cabaña, abrigada entre piedras, había una candela. Cuando Martinillo quiso avivarla, Miguel le detuvo nervioso.

—No, que aún está oscura la mañana y alguien pudiera divisarla.

El pastor le miró sorprendido.

—Veo que nada sabes de cuanto está sucediendo; me alegro ahora de la prisa que tomé por venir a verte. La Alpujarra es una hoguera y los cristianos son los leños que la alimentan.

Martinillo lo miró de nuevo asombrado.

—Explícate mejor, Miguel, o llegaré a creer que soy aún más simple de lo que era ayer.

—Elegimos un rey, un rey únicamente para los moriscos —añadió, observando su sorpresa— y determinamos alzarnos en armas contra los que nos venían oprimiendo desde los tiempos de nuestros abuelos. Pero esa alimaña de Abén Fárax, el negro, tomándose la justicia por su mano, arrasa, quema y asesina sin mirar a quién ni en dónde... Todo lo que es cristiano está en peligro. Deja pues el rebaño y ocúltate en alguna cueva de las alturas.

El muchacho tenía los ojos abiertos como platos, pero tras un momento de vacilación movió la cabeza de un lado a otro.

—A ningún morisco he hecho daño...

—No es eso, Martinillo; no eres tú ni lo que hayas podido hacer. Se trata únicamente de que eres cristiano.

—A nadie he ofendido, amigo; no abandono mi rebaño ni me oculto en parte alguna. Además, tengo esto —añadió, señalando la honda de esparto que llevaba en la cintura— y a Saeta y al macho cabrío para que me defiendan.

A duras penas logró Miguel convencerlo; pero cuando descendió al valle llevaba su

promesa de que subiría a una cueva de la
quebrada, que era honda y ancha, capaz para
él y el rebaño, y para los habitantes de un
lugar entero, si fuera necesario.

Abén Humeya clavaba espuelas en los
ijares del alazán con enorme ansiedad por
llegar a Lanjarón, hacia donde había oído
que se dirigía Fárax Abén Fárax. Desde lo

más profundo de su corazón rogaba para llegar a tiempo. Eran los cascos del caballo truenos sobre las peñas y aguijaba el animal una vez y otra.

Pero era demasiado tarde: cuando avistó la villa el cielo estaba enrojecido. La iglesia ardía por sus cuatro costados, y de las llamas salían gritos de dolor y espanto.

Abandonado de riendas, resoplando de cansancio y cubiertas las ancas de helado sudor, marchaba el alazán de vuelta a la villa de Válor. Abén Húmeya nada veía de cuanto le rodeaba, rebosando amargura, sólo deseaba alejarse.

En Cadiar, Abén Xáhuar repetía desalentado y afligido: «No era de este modo; por Dios que no era de este modo.»

11

La guerra

Ana Pacheco se despertó sobresaltada y creyéndose víctima de un mal sueño se sentó en el lecho tratando de sosegar los latidos de su corazón. Pero arreciaron de nuevo los golpes y la casa pareció venirse abajo. «¡Oh, Santa Madre, no era mal sueño ni pesadilla!» se dijo con temor.

Francisco Díaz y Hernando corrían ya hacia la puerta:

—¡Calma, calma!, abrimos en seguida —gritaban.

Ana Pacheco tuvo escaso tiempo para vestirse, a empellones les sacaron los alguaciles al frío de la recién nacida mañana.

En vano protestó inocencia Francisco, y en vano trató de resistirse Hernando.

Padres y hermano sois de un gran traidor que, huido de la justicia, se ha alzado en la Alpujarra —les gritaban al rostro—. No pidáis pues clemencia, porque se sabe en Granada que bajo vuestro techo le habéis recibido.

Llegaron señores de Andalucía, de Extremadura y de Castilla para prestar apoyo con los hombres de sus mesnadas al marqués de Mondéjar y tratar de sofocar la rebelión en corto tiempo. Entre ellos se hallaban el conde de Albeña y sus hijos Íñigo y Gonzalo. No bien tuvo noticias don Pedro Gómez de Hercos de la prisión de Francisco Díaz y los suyos, se apresuró en salir fiador de ellos y así, con la ayuda y favor del conde, volvieron a la Vega una fría mañana de febrero.

Marchaban rotos y macilentos, anhelantes por alejarse de Granada y hallarse pronto al amparo de su casa. Pero al tiempo que se adentraban en la campiña, aumentaba su ansiedad. A su paso encontraban viñas arrasadas, olivares talados, granjas abandonadas...

Hallaron sembradas de sal las tierras de cultivo, vacíos los corrales, en el jardín no quedaba un árbol con la copa alzada. Nada tenían de cuanto habían poseído y nada tendrían en adelante, sino temor y resentimiento.

La guerra crecía y se alargaba, y tras la Alpujarra se alzó el valle de Lecrín, y luego las tierras de la costa, y más tarde la Serranía de Ronda, la Sierra de Filabres y los lugares del río Almanzora en Almería.

En la Vega, Francisco Díaz y su familia, con la cosecha perdida y sin ganado, tenían que sufrir la desconfianza de sus vecinos cristianos y la violencia de los más exaltados.

Una mañana, cuando Ana Pacheco abrió la puerta de la casa, encontró en el umbral, con el vientre atravesado, a Bribón, un perro viejo y manso que desde antiguo guardaba la casa moviendo el rabo. Se sintieron acosados, sin amigos, pues el conde y sus hijos estaban combatiendo, y aquella misma noche partieron hacia la Alpujarra.

Dos años todavía continuó la guerra; durante ella muchos perdieron hacienda, casa y libertad. Otros llegaron a perderlo todo.

Ana Pacheco murió en los desfiladeros de la sierra al día siguiente de su partida. Al amanecer llegaron a un peñón que servía de refugio a un puñado de monfíes y a unas

pocas familias que, como ellos, habían huido de la Vega, Ana llevaba apretada contra su pecho una cabra chiquita que, no sabían de qué manera, había logrado huir cuando los cristianos entraron en sus tierras. En un descuido saltó de sus brazos y brincando entre riscos se fue monte abajo. Corrió para alcanzarla, con tan mala fortuna que viéndola un morisco viejo le arrojó su lanza, creyendo que huía para revelar a los cristianos el lugar del refugio.

Miguel Díaz, su hijo, perdió la vida luchando bajo el mando de Gerónimo El Maleh en el río Almanzora. Los moriscos, que habían sido vencidos en los lugares de Galera y Serón, estaban desalentados, luchando ya a la desesperada, y muchos de ellos habrían entregado las armas si su capitán, El Maleh, no lo hubiese impedido. Veinte días llevaban sitiados en la fortaleza natural en la que se habían refugiado con mujeres y niños, y ya no les quedaban agua ni víveres.

Una noche, como la situación era insostenible, los capitanes se reunieron a parlamentar alrededor de una hoguera. Eran algunos de ellos partidarios de entregar las armas y confiarse a la benevolencia de las tropas de don Juan de Austria. Sin embargo, otros, entre los que se hallaba Miguel Díaz, prefirieron continuar la lucha.

—Si nos entregamos ahora, las mujeres y los niños serán vendidos como esclavos; y nosotros, unos seremos pasados por las armas y otros enviados a galeras... Prefiero morir luchando —exclamó Miguel arrojando al fuego la vaina de su espada, y, levantándose con ella en alto, continuó hablando—. Si caemos ahora sobre ellos y les tomamos por sorpresa, El Murtaní, que es conocedor de las montañas como ninguno, puede sacar por la espalda del peñón a nuestras mujeres y nuestros hijos.

Con gran ruido de cantos y gritos, tocando cuantos instrumentos pudieron hallar, cayeron de pronto los moriscos sobre el campamento de los cristianos. Éstos, que estaban dormidos, creyeron entre sueños que todos los moros de la tierra se les venían encima... Huyeron muchos a medio vestir y otros se lanzaron a tientas fuera de las tiendas sin saber a punto fijo a dónde ir. Lucharon entre sombras hasta el amanecer, y cuando los soldados cristianos vinieron a darse cuenta del menguado número de sus enemigos, las mujeres y los niños estaban ya a salvo, y también habían huido muchos de los moriscos. Sin embargo, Miguel Díaz se quedó para cubrirles la retirada, y lo halló la muerte con la espada en la mano, comenzando el primer día de la primavera.

Íñigo Gómez de Hercos murió en la Serranía de Ronda cuando la guerra estaba para terminar. Sucedió que habiéndole mandado el duque de Arcos al frente de una compañía a reconocer la tierra, divisaron en un lugar subido en la montaña un puñado de maltrechas moriscas, que desde lejos les hacían señales para que se acercaran, mientras algunos se inclinaban en señal de rendición. Llegaron hasta ellas sin recelo; pero de pronto y con enorme rapidez las mujeres se repusieron de su abatimiento y comenzaron a arrojarles piedras, y antes de que pudieran hacer uso de sus armas la montaña se cubrió de moros que surgían de entre las peñas y de lo más hondo de las quebradas. Nada pudieron hacer sino encomendar sus almas a Dios y tratar de morir como valientes.

Y muchos más murieron en aquella insensata y cruel guerra. Y de los que se salvaron, unos fueron enviados a galeras y otros vendidos como esclavos.

Aun los moriscos que no se sublevaron y se mantuvieron quietos en sus casas por temor o lealtad, fueron sacados de ellas, expulsados de los lugares en los que habían nacido y desperdigados por otros extraños y lejanos.

Despoblabo y empobrecido quedó el antiguo Reino de Granada, abiertos y abandonados corrales y casas, secos y mudos canales y fuentes y las tierras, sin labranza, estériles y polvorientas durante muchos años.

XII

El esclavo

Ni Francisco Díaz ni su hijo Hernando tomaron las armas durante la contienda; Francisco por falta de determinación y temor a perder la vida, y Hernando porque aun siendo morisco tenía el corazón a igual distancia de los moros que de los cristianos. De manera que habían pasado la guerra huyendo de los unos y de los otros, ocultándose en quebradas y cuevas de la Alpujarra.

Estaban en una de éstas junto con un puñado de moriscos que se hallaban en situación parecida a la suya, cuando las tropas de don Juan de Austria y el duque de Sesa sofocaron los últimos intentos de resistencia.

El otoño había entrado con crudeza, por esto quedaba el fuego encendido durante la noche en el interior de la cueva. No había peligro en ello, pues era muy alta y espaciosa, y además abierta por dos entradas. Sin embargo, algo extraño debía suceder aquella mañana, porque Hernando se despertó con una gran pesadez de cabeza. El aire de la gruta era irrespirable; pero el fuego ardía como de costumbre, con brasas menudas. Lo miraba sorprendido y de pronto lo comprendió todo. ¡El humo venía de la entrada! En el exterior debían haber encendido una hoguera... Apenas tuvo tiempo de despertar a sus compañeros. Corriendo hacia el fondo rogaba para que los asaltantes no hubieran descubierto la otra salida. «Quizá si salimos de uno en uno y sin hacer ruido, podamos bajar del monte sin que nos descubran», pensaba. Le temblaban las piernas cuando, con gran sigilo, se asomó al exterior. Suspiró aliviado: no había nadie.

Descendieron de uno en uno, arrastrándose ladera abajo, sin respirar casi. Cuando se hallaban reunidos en la falda del monte, salieron los soldados de entre los riscos. Desde ese mismo instante tuvo Hernando la dolorosa certeza de que su vida ya no le pertenecía.

Junto con sus compañeros fue conducido a la cárcel de Granada, donde permaneció

hasta aquel día de mayo en el que iba a ser vendido como esclavo en pública almoneda.

La mañana era tan clara y luminosa que se alegraba el espíritu sin quererlo. Sin embargo, María estaba tan llena de pesadumbre, que la plaza de Bibarrambla le parecía sombría y triste como si fuera una tarde de enero. Caminaba junto a su padre y su hermano con la vista en el suelo, oprimida de ansiedad y angustia.

Estaban los prisioneros en un extremo de la plaza, de pie sobre un estrado para que todos cuantos quisieran alcanzaran a observarlos. Cansados y cargados de cadenas tenían que soportar en silencio el desprecio de unos, la compasión de otros y la curiosidad de los más.

Cuando María alzó la vista se encontró, sobresaltada, con la mirada de Hernando. Sus ojos expresaban dolor e ira, rencor y vergüenza al mismo tiempo. Tras él, humillado y envejecido, trataba de ocultarse Francisco Díaz.

Anunció el pregonero el comienzo de la venta. María no quería oír ni ver... Se hizo un profundo silencio y en seguida empezó la puja.

—Número uno... cien ducados; número dos... número cinco... número siete... número once: varón joven y fuerte, ciento cincuenta ducados, capaz para cualquier clase de trabajo.

—Ciento cincuenta ducados —ofreció alguien y en seguida se alzó la voz del conde de Albeña:

—Ciento sesenta ducados.

María se estremeció.

—Ciento setenta —ofreció otra vez el desconocido.

—Ciento ochenta —dijo el conde.

—Ciento noventa ...

—¡Doscientos!...

—¡Doscientos veinticinco!...
—¡Doscientos cincuenta!...
—¡Doscientos setenta y cinco!...
—¡¡Trescientos!!

Trescientos ducados una vez... trescientos dos veces... y ...¡trescientos ducados por vez tercera!

La expectación de la plaza se rompió en murmullos. ¡Nunca se había pagado tanto en Granada por un esclavo!

Se adelantó Gonzalo Gómez de Hercos a recibir a Hernando y le condujo solícito junto al conde. Estaba el morisco sin color y tenía heridas las palmas de las manos de la violencia que se había hecho sobre ellas con las uñas. Deseaba don Pedro quitarle los grilletes con tantas prisas que no acertaba a librarle de ellos.

Más tarde pujó el conde por Francisco Díaz y en cuanto obtuvo su propiedad partieron hacia la Vega en triste y silenciosa comitiva.

Aquella misma tarde mandó llamar don Pedro a Francisco y Hernando y les habló con amabilidad.

—Ambos seréis en mi casa lo que antes solíais ser, amigos muy queridos y hombres de mi aprecio y confianza. Tú, Francisco, acudirás, como acudía tu padre, a mi hacienda y aprovisionamiento. Será arduo el trabajo, pues con esta guerra desgraciada, en la que tanto hemos perdido todos, están los asuntos de la heredad mal atendidos y las tierras faltas de brazos. En cuanto a tí, Hernando, mi hija te ha reclamado en calidad de paje: estando a tu cuidado me hallo tranquilo.

Paseaba María por el corredor mirando impaciente la estancia donde su padre hablaba con Francisco y Hernando. Cuando se abrió al fin la puerta y aparecieron ambos en el umbral, corrió hacia ellos.

—Ven, Hernando y vayamos en seguida a las caballerizas, que quiero mostrarte el potrillo colorado que nació esta mañana —exclamó tomándole de la mano.

Se soltó Hernando suavemente; María le miró sorprendida y, aunque nada dijo, se apagó de un soplo su entusiasmo. Ya en las caballerizas no se detuvo con el potro y pidió al mozo de cuadra que ensillara un tordo fogoso, recio y de gran alzada. Sin embargo, Hernando tomó el caballo más próximo sin reparar en tamaño y temperamento.

Cabalgaron un trecho en silencio. La Vega aparecía ante ellos abandonada. María observaba a Hernando a hurtadillas, estaba pálido, los labios apretados y las manos tensas sobre las riendas. Para distraer su atención, comprendiendo la emoción que sentía, señaló hacia lo alto.

—Mira, Hernando, un ave de presa; parece un gavilán.

—Tiene las alas en punta, no es gavilán, sino halcón, doña María.

Tiró María de las riendas y detuvo de golpe al caballo.

—¿Le sucede algo a vuestro caballo? —preguntó Hernando sorprendido, deteniéndose también.

No respondió María a su pregunta y con voz alterada formuló otra:

—¿Por qué me llamas ahora de esta manera? Fuí siempre María para ti, desde que tengo memoria hasta la última vez que nos vimos.

—Dos años han pasado desde entonces y ya no somos los niños que antes éramos.

—¡Por Santa María, Hernando! Si no tengo más de diecisiete años.

—Muchas a vuestra edad tienen concertadas sus bodas, y otras ya las han celebrado.

—No quiero yo ni lo uno ni lo otro; ahora sólo deseo cabalgar. Déjate pues de simplezas y vuelve a llamarme María... No es largo tiempo dos años.

—No, no es largo tiempo; pero durante él han sucedido muchas cosas.

—Y todas debemos olvidarlas para recobrar la paz que antes teníamos.

—Para vos es fácil olvidar... Seguís teniendo cuanto teníais y os halláis en el mismo lugar en el que estabais, y sobre todo esto, aún os pertenecéis. Pero y yo ¿cómo puedo olvidar que soy ahora vuestro esclavo? Cuando me despierto en la noche me atormenta ese único pensamiento. Sabedlo, señora: ¡me quema en las muñecas el recuerdo de los grilletes! Decidme, doña María, ¿cómo puedo olvidarlo?

Había tanta amargura en su mirada que María no pudo sostenerla y castigando duramente al caballo se lanzó en un desenfrenado galope por el olivar.

La siguió espantado Hernando, pues el corcel, sin mando ni freno, entraba y salía peligrosamente entre los olivos, sorteando ramas al azar.

—¡Deteneos, por Dios os lo suplico, deteneos! —gritaba, tratando de darle alcance; pero tenía su caballo el galope corto y no podía seguir la veloz carrera del tordo.

Corría el corcel sin rumbo; y cuando María fue a darse cuenta del gran peligro en el que se hallaba, había perdido la confianza y el dominio del animal, que ya no atendía a su voz ni a las riendas. Inclinada sobre el

cuello del caballo procuraba esquivar las
ramas bajas, pero la gran rapidez con la que
el tordo corría le hacía muy difícil mantenerse en la silla.

Hernando, maldiciendo no haber elegido
un corcel más ligero, trataba inútilmente de
alcanzarlos. De pronto, les cortó el paso una
jauría de galgos seguida de un jinete que no
refrenó su montura al reparar en ellos. El
tordo se alzó enloquecido, cubierto petral,
pecho y brazos de espuma. María perdió las
riendas y para no caer se sujetó a las crines.

El animal bajó con un tremendo golpe las patas y con furia pateó el suelo repetidas veces, luego se alzó otra vez, despidiendo a María que fue a dar en el tronco de un olivo.

Hernando desmontó de un salto y se arrodilló tembloroso junto a ella. María, muy pálida, tenía los ojos cerrados y no hacía ningún movimiento. El muchacho la miraba descompuesto sin saber qué hacer, al fin con mucho temor puso el oído sobre su pecho. Cuando se alzó, el color volvía a su rostro: el corazón seguía latiendo firme y acompasadamente. Al abrir los ojos, María vio a Hernando muy cerca.

—¡Oh María, María, qué gran susto me has dado! —exclamó con alivio y alborozo.

—Así pues vuelvo a ser María para ti... en ese caso, bendito sea el golpe y el caballo que me lo proporcionó.

Poco a poco se repuso María y como no tenía otro mal sino magulladuras, partió Hernando para buscar el tordo. Regresó trayéndolo de la brida, cansado y cubierto de sudor; estaba tranquilo y su paso era calmado y la mirada serena. Sin embargo, no permitió que María lo montara.

De vuelta al castillo, pasaron el resto de la tarde en las caballerizas, admirando el potrillo colorado.

13

La marcha

Desde la tarde en que María se cayera del caballo, Hernando se esforzaba en mantenerse animoso y procuraba, cuando le era posible, ser para ella el compañero que antes había sido. El conde y sus hijos le trataban con tanta consideración y afecto, que se avergonzaba de sí mismo cuando descubría aquel oscuro sentimiento de rencor que lo embargaba de cuando en cuando. Bastaban una palabra oída al vuelo o una mirada de los criados, en la que creía descubrir desdén, para que todo su espíritu se sintiera oprimido por el peso enorme de la esclavitud. Se llenaba entonces de ira y no se atrevía a levantar la vista por temor a que alguien pudiera leer en sus ojos, ni a pronunciar palabra alguna que pudiera delatar su amargura.

María había aprendido a interpretar sus silencios y cuando le encontraba entristecido mandaba ensillar los caballos y partían a galope tendido hacia cualquier lugar de la Vega, evitando el Sur, donde se hallaban las tierras que habían pertenecido a la familia de Hernando.

Solían llevar en sus cabalgadas un lebrel todavía joven al que María tenía en mucho aprecio, porque tomándolo de su madre muy chiquito lo había criado ella misma. Galopaban en silencio una mañana, bordeando un agostado campo de trigo cuando de pronto el lebrel se metió en el trigal; lo vieron levantar un bando de codornices y seguirlas luego ladrando excitado. Iban las aves hacia el Sur y tras ellas marchó el cachorro, sin atender las voces de María y Hernando. Siguiéndolo, se hallaron muy pronto en el lindero de las tierras que fueron de Diego Díaz. Para entonces el lebrel había perdido el rastro de las codornices y regresaba jadeando junto a su dueña.

—Sube, truhán, que por tu causa nos hemos desviado del camino —exclamó María, alzándolo para que no se alejara de nuevo y, volviendo grupas, llamó a Hernando.

—Espera un poco, María, que deseo ver el

lugar donde nací —le respondió con voz rota de emoción.

En vano trató de detenerle; Hernando picó espuelas y partió a galope.

Los campos, sin cultivar, estaban cubiertos de maleza; la fruta se secaba en el árbol sin madurar; quebradas las aspas y los ejes de los molinos, rompía el agua en las ruedas sin moverlas. A medida que avanzaba aumentaba la dolorosa ira de Hernando. Al paso tomó una rama de ciruelo e inclinándose sobre el caballo azotaba enloquecido la maleza como si a golpes quisiera hacerla desaparecer.

Desmontó de un salto ante la casa. Abiertas estaban puertas y ventanas, manchadas y deslucidas las paredes y los muros; en el interior, sin utensilios ni muebles, las arañas habían tendido sus telas en todos los rincones...

Hernando se derrumbó en los peldaños de la entrada, con la mirada perdida y los brazos caídos, era la imagen misma de la desolación.

María, no sabiendo qué hacer para consolarlo, se sentó a su lado y permaneció en silencio.

De pronto, un alegre batir de alar les hizo alzar la cabeza: una bandada de palomas pasaba sobre ellos en vuelo hacia el palomar.

Hernando se levantó de un salto.

—¡Son nuestras palomas, María, son nuestras palomas que permanecen en casa! —gritaba alborozado subiendo los peldaños de dos en dos.

María corrió tras él con una sonrisa de alivio; pero cuando llegó al terrado le encontró fuera de sí.

—Marchaos, marchaos de aquí, bribonas... idos y no volváis nunca. No se levantó el palomar para vosotras —gritaba levantando con movimientos amenazadores los brazos.

Después de un breve alboroto, las palomas se alejaron y el terrado quedó en silencio. Y de pronto, rompió el dolor de Hernando: sollozaba como un niño, sin que en nada lo contuviera la presencia de María.

—No eran las nuestras... sino palomas bravías venidas de lejos... como de lejos vendrán los que ocupen nuestras tierras y nuestras casas...

Después de aquel suceso volvió Hernando a su anterior melancolía, y aún a una mayor amargura. En nada tenía gusto y ninguna de las cosas de este mundo parecía interesarle. María no pudo encontrar el modo de ayudarle, a pesar de que lo intentó de mil maneras. Al fin, después de muchas dudas y vacilaciones decidió pedir al conde que le otorgara la libertad.

Llamó don Pedro a Hernando y a su padre y abriendo su escritorio sacó de él un sobre lacrado y se lo entregó a Francisco.

—En su interior están los documentos de vuestra libertad y un salvoconducto para viajar por donde os plazca. Sabéis que no podéis permanecer en tierras de Granada si no es en calidad de siervos —exclamó tras una pausa—. Por ese motivo y para conservaros en nuestra compañía no os ofrecí antes la libertad. Nunca pensé que me pertenecierais, siempre fuisteis en esta casa verdaderos amigos.

Mientras su padre se deshacía en profundas reverencias, Hernando habló al conde con respeto y agradecimiento.

—De ello siempre hemos tenido certeza, señor. Pero el hombre se estima por lo que él piensa de sí mismo y no por lo que los otros piensan de él. Yo he sido siervo en vuestra casa, a pesar de la estimación que nos demostrabais, porque como esclavo me comprasteis en pública almoneda y esclavo me he sentido desde entonces. Por eso os agradezco esta libertad que ahora nos otorgáis como si de nuevo me dierais la vida, y os juro que no cejaré hasta devolveros el último de los trescientos ducados que por mí pagasteis.

Acordaron Hernando y su padre marchar a tierras de África donde pensaban que serían mejor considerados que en las de España y donde creían poder obtener tranquilidad y fortuna. Mediado septiembre, partieron hacia Almuñécar acompañados del conde y sus hijos. En la costa fondeaba una flotilla de galeras, en una de las cuales navegarían hasta las tierras de Francia, para desde allí zarpar luego con rumbo a Argel.

María no había logrado dormir durante toda la noche, ya fuera por lo incómodo y desaseado de la posada, por la tristeza que tenía o por la tempestad que se desató al filo de la madrugada. La estancia se iluminaba a la luz de los relámpagos, y luego el caserón se estremecía desde los cimientos hasta la techumbre. María pensaba esperanzada que con tan grande tormenta las galeras no podrían zarpar al amanecer. Cuando cesaron los truenos y amainó el viento, era ya tiempo de levantarse. «Quizá esté el mar todavía embravecido» se decía vistiéndose, y con ese deseo salió al corredor.

La cocina, a la escasa y chisporroteante luz de un velón, respiraba tristeza. Su padre, Gonzalo, Francisco y Hernando comían en silencio. María no logró pasar bocado. Terminando de comer, partieron en desolada compañía hacia la playa. Estaba el cielo sereno y el mar tranquilo. La luna plateaba la espuma de las menudas olas que iban a romper en la orilla. Las galeras partirían a no dudarlo... «Aunque quizá la tempestad haya roto las amarras y se hallen ahora contra la escollera o navegando a la deriva», se decía María tratando de aferrarse a una última esperanza. Sin embargo, las naves se balanceaban suavemente en la ensenada, aparejadas para zarpar.

Hernando, que marchaba a su lado, la miraba a hurtadillas, tratando de grabar en su memoria para siempre el recuerdo de su figura, inclinada por la pesadumbre, el susurro de sus vestidos al moverse y aun la huella de sus pasos en la arena. Pero, todavía podía volverse atrás, todavía era tiempo, sería suficiente una palabra... sin embargo, siguió avanzando.

Comenzaba a clarear y las galeras se pusieron en movimiento a golpes de remo. ¡Oh, si algo sucediera todavía...!

Apenas se anunciaba el Sol por oriente y ya la Luna había perdido su luz. Hernando recordó las extrañas palabras que años atrás le dijera una anciana morisca en la Alpujarra: «Cuídate mozo del Sol, que es propicio a los

cristianos y recuerda que oculta cada día con
su fuerza la pálida luz de la Luna... Está el
Sol pendiendo sobre la Luna; con la ira de
sus rayos la quebrará, caerá rota en pedazos
sobre la mar y las olas los llevarán a extrañas
y lejanas playas.»

Hasta que el último bajel se perdió en el horizonte, María no abandonó la playa; y mucho después de que su figura no fuera más que un punto difuso ante el mar, permaneció Hernando en la popa.

14

Cartas de Argel

*De Hernando Díaz a doña María
Gómez de Hercos.
En mano de don Manuel Ponce, capitán
de la nave Santa Isabel.
En Argel, a veintiocho de julio de 1573.*

Señora:
La tardanza en enviaros noticias no ha
sido por olvido ni desinterés, pues por
muchos años que viva tendré siempre en la
memoria las grandes mercedes que he recibido de vuestra casa. Pensad más bien que
los verdaderos causantes fueron los muchos
sinsabores y penalidades que durante los dos
años transcurridos desde que llegamos aquí
hemos tenido que soportar, y el temor a en-
tristeceros con ellos. Ahora la prosperidad
me ha tendido la mano y me encuentro tran-

quilo, aunque con la misma melancolía y añoranza de las tierras de Granada y de los amigos que dejé en ellas. Sabed que desde el mismo instante que el bajel soltó amarras comencé ya a sentirme extranjero, y eran tantos los deseos que tenía de volver a Granada que, hasta que perdí de vista la playa y con ella vuestra figura, tentado estuve de saltar por la borda.

La travesía discurrió con la mar calmada y vientos bonancibles, y en cuanto el trato que recibimos de la tripulación no pudo ser mejor; pero era tan grande el sentimiento de soledad que ni una cosa ni otra apreciaba.

Llegando a Argel encontramos a muchos de nuestra tierra, de los cuales algunos no parecieron reparar en nuestra presencia y otros quisieron sacar provecho del desamparo en el que nos hallábamos ofreciéndonos los trabajos más duros y peor pagados. Durante un año fuimos mi padre y yo de un lado para otro, mal vestidos y peor alimentados, cobijándonos en posadas miserables en las mejores ocasiones y durmiendo bajo el cielo en las demás. Hasta que, conociendo a Yusuf, Fernández, morisco de Almería, cambió nuestra suerte. Yusuf que era en su tierra campesino de la seda, tenía en Argel el mismo oficio, aunque con escasa fortuna.

Pero tomándome en su ayuda, nos aplicamos ambos a trabajar tan duramente que en el día de hoy está el negocio próspero y floreciente. Es por esto por lo que os pido hagáis llegar a vuestro padre estos cuatrocientos cincuenta ducados que empleó en la almoneda, en las personas de mi padre y mía. Os ruego que este envío no sirva de ofensa al conde ni a vos. Entended que ésta es la única manera de que lleguemos a sentirnos de verdad libres.

Ni un solo día desde que llegamos he dejado de pensar en Granada, en las personas de vuestra familia, y en vos, doña María. Y aunque Argel sea también muy hermoso, todos mis anhelos están puestos en las tierras en las que nací, todas las tardes, cuando el Sol se oculta, me llego a orillas del mar y la Luna me encuentra mirando hacia Granada...

Dios os guarde, os ayude y por siempre os acompañe.

De Hernando Díaz a Doña María Gómez de Hercos.

En mano de Don Luis Mendoza, capitán de la nave Doña Juana.

En Argel, a dos de mayo de 1585

Señora:

Durante el largo tiempo transcurrido desde vuestra última carta, más de trece meses, he estado preguntándome, con inquietud creciente, cuál sería la causa de vuestra tardanza en escribir. Hasta que anoche vino a revelármela un moro amigo, que, ha regresado de Granada, a donde había ido disfrazado de peregrino por la ruta de Francia.

Durante el tiempo que permaneció en aquellas tierras, oyó muchas de las cosas que por entonces sucedían en Granada, y entre ellas tuvo conocimiento de la muerte del conde vuestro padre, y de la larga y cruel enfermedad que la había precedido. Al saberlo caí en una gran tristeza, y conmigo toda mi familia, pues les tengo contadas tantas y tan buenas cosas de las personas de vuestra casa, que para ellos están tan presentes como si las hubieran conocido. Son muchas las noches que se nos hacen largas sin que lo percibamos, contándoles yo sucesos de Granada, de cuando vos y yo eramos niños y a todas partes acudíamos juntos.

También nosotros hemos llorado recientemente la muerte de mi padre. Sabéis que en los últimos tiempos fueron muchos sus males, aunque el mayor de ellos era el resentimiento, del cual había sufrido siempre; pero con los años había crecido tanto que se había apoderado de todo su espíritu.

Y volviendo sobre otras cosas de las que mi amigo me tiene contadas estoy, con mucha inquietud, pues me parece que hay luchas y diferencias entre moriscos y cristianos de los reinos de Valencia y Aragón, y también que son muchas las voces que se alzan con insistencia para que el rey se determine a expulsar de España a todos los que siendo moros de raza son también sus súbditos.

Por todo esto, no me quedan esperanzas de que en nuestros días unos y otros lleguen a entenderse en parte alguna, y todavía no sé si en tiempos venideros llegarán a ser los hombres de tal forma que callando lo que son distintos vengan a hablar de lo que son iguales. Si los hijos de nuestros hijos volvieran a poblar juntos y en paz la misma tierra, yo tendría por bien empleados todos estos años de tristeza y ausencia.

Dios os bendiga y os guarde.

*A doña María Gómez de Hercos, de
Hernando Díaz.*
*En mano de don Antonio Fernández,
capitán de la nave* Santa Inés.
En Argel, a seis de enero de 1615.

Perdonadme, señora, el largo tiempo que
ha transcurrido desde que os escribiera por
última vez, y perdonadme también que a
pesar de vuestra insistencia no haya respondido a vuestras misivas. Sé que son muchos
cuatro años y me duele que por mi causa
hayáis estado con inquietudes y ansiedades.

Me hallo bien, doña María, al menos en el
cuerpo, porque, en cuanto al ánimo, no
puedo negaros que lo he tenido dolorido y alterado, al haberse abierto en mi espíritu heridas que creía cerradas. Tras la expulsión
que el rey don Felipe III decretó para todos
los moriscos de España han llegado a estas
tierras muchos de ellos. Venían macilentos y
cansados por las adversas condiciones en las
que realizaron la travesía, sin dineros los
más, pues habiéndoles asaltado a su llegada
los piratas de las costas, nada les dejaron sino
sus personas. Algunos se han establecido en
los oficios que tenían en España; pero otros
andan por las calles como perro sin dueño,
durmiendo con sus hijos en las arcadas de las
plazas y comiendo de aquello que la caridad

pública quiere darles. Creedme que se
mueve el alma al ver tanta necesidad en
gente que vivió del trabajo de sus manos.

Mirando la enorme desgracia que ha caído
sobre mi pueblo y como ya estoy viejo, únicamente gozo soñando despierto y son mis

sueños hermosos aunque me parecen impo-
sibles. Sería el ser más dichoso del mundo si
antes de morir me fuera dado ver jugar a
vuestros nietos con los míos «a las paces»,
como vos decíais cuando éramos niños.
Nunca queríais jugar a las guerras, ¿os acor-

dáis? Recuerdo como si lo viera, un día que estando vuestro hermano don Gonzalo y yo midiendo nuestras fuerzas con lanzas de palo, vos, que no levantabais del suelo más que un perdigón, vinisteis a decirnos que no os gustaban las guerras porque eran tristes y malas: «Yo quiero jugar a las paces, porque en las paces los campos tienen frutas, las gentes ríen y se comen confituras y hay mucho divertimento.»

Mil veces tengo quebradas en mi interior las lanzas de palo de mi niñez y todo cuanto poseo y cuanto pudiera llegar a poseer diera con gusto por ver a los míos en las tierras en las que nacieron mis abuelos y los abuelos de mis abuelos. De mi cuello pende día y noche la llave de nuestra casa de la Vega y cuando yo muera colgará del cuello de mi hijo y más tarde la llevará el suyo.

Estoy viejo y cansado, cualquier cosa me altera, y me fatigo cuando camino demasiado. Pero todas las tardes, cuando el Sol cae, bajo a la playa y la Luna me encuentra mirando hacia Granada.

Dios os guarde y colme de bienes vuestros días y de sosiego vuestras noches.

GLOSARIO

adarve: la parte más alta de una torre o de un muro.

albarda: pieza del aparejo de las caballerías de carga, que se coloca sobre el lomo del animal.

ajimez: ventana arqueada, dividida en el centro por una columnilla.

alcaicería: barrio en el que se vendía seda y sus derivados.

almalafa: vestidura que cubre el cuerpo desde los hombros hasta los pies.

almoneda: subasta pública.

carcajaes: pulseras de los tobillos.

cimitarra: especie de sable.

cuaderna: cuarta parte de algo, especialmente de pan o dinero.

doblos: monedas de oro.

faqui o *alfaqui:* doctor o sabio de la ley de Mahoma.

manijas: especie de puño de metal precioso,

que servía a los musulmanes como col-
gantes de adorno.

melcochas: dulces hechos con pasta de miel.

monfí: morisco que forma parte de una cuadrilla de salteadores.

otero: cerro que domina un llano.

patena: lámina o medalla grande.

petral: correa o faja que ciñe y rodea el pecho
de la cabalgadura.

pragmática: ley emanada de autoridad compe-
tente.

tarja: moneda de escaso valor.

zalea: cuero de oveja o carnero, curtido de
forma que conserve la lana. Se puede usar
como alfombra.

zaragüelles: calzones anchos, largos y huecos.

ÍNDICE

151

TÍTULOS PUBLICADOS

El bolso amarillo
(Premio Andersen, 1982)
Lygia Bojunga Nunes
Traducción: Mirian Lopes Moura
Ilustraciones: Araceli Sanz

Aventuras de «La mano negra»
Hans Jürgen Press
Traducción: José Sánchez López
Ilustraciones del autor

Las aventuras de los detectives del faro
Klaus Bliesener
Traducción: Pilar Galíndez
Ilustraciones del autor

El hombre del acordeón
Angelina Gatell
Ilustraciones: Vivi Escrivá

Leyendas de los pieles rojas
William Camus
Traducción: César Suárez
Ilustraciones: Miguel Ángel Moreno

Marcabrú y la hoguera de hielo
Emilio Teixidor
Traducción: Angelina Gatell

Malos tiempos para fantasmas
W. J. M. Wippersberg
Traducción: Carmen Seco
Ilustraciones: Käthi Bhend-Zaugg

Tom Sawyer detective
Mark Twain
Traducción: María Alfaro
Ilustraciones: Juan Ramón Alonso

Cuentos de las cosas que hablan
Antoniorrobles
Ilustraciones: Juan Ramón Alonso
(Premio «Interés Infantil 1982»
del Ministerio de Cultura)

Impreso en el mes de mayo de 1988
Talleres Gráficos CAYFOSA
Crta. de Caldes, km 3,7
Sta. Perpètua de Mogoda
Barcelona